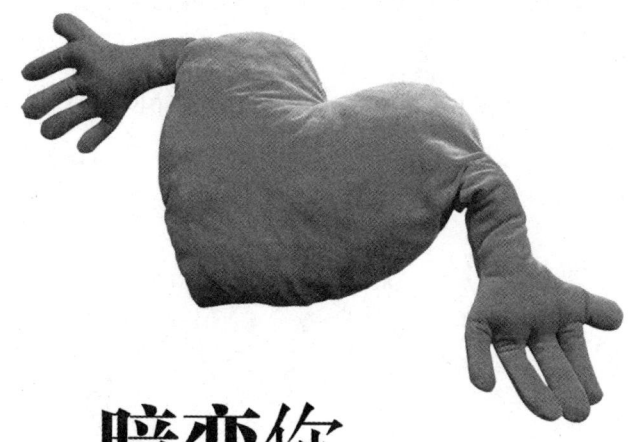

暗恋你，
做你一辈子的全职暖男

赵燕 著

写给所有曾经刻骨铭心痛过、奋不顾身爱过的人。
**CRUSHED ON YOU,
I WILL BE YOUR SWEET GUY FOR A LIFETIME**

远方出版社

图书在版编目（CIP）数据

暗恋你，做你一辈子的全职暖男 / 赵燕著 . —呼和浩特：远方出版社，2018.4
ISBN 978-7-5555-0797-0

Ⅰ.①暗… Ⅱ.①赵… Ⅲ.①散文集—中国—当代 Ⅳ.①I267

中国版本图书馆 CIP 数据核字（2018）第 049418 号

暗恋你，做你一辈子的全职暖男
ANLIAN NI，ZUONI YIBEIZI DE QUANZHI NUANNAN

作　　者	赵　燕
责任编辑	刘洪洋
责任校对	刘洪洋
出版发行	远方出版社
社　　址	呼和浩特市乌兰察布东路 666 号　邮编 010010
电　　话	（0471）2236470 总编室　2236460 发行部
经　　销	新华书店
印　　刷	三河市华东印刷有限公司
开　　本	155mm×225mm　1/16
字　　数	165 千
印　　张	11.5
版　　次	2018 年 4 月第 1 版
印　　次	2018 年 6 月第 1 次印刷
标准书号	ISBN 978-7-5555-0797-0
定　　价	30.00 元

如发现印装质量问题，请与出版社联系调换

自序：暗恋你，
　　　做你一辈子的全职暖男

每一场暗恋都是一首诗，虽然伴随着伤痛，但很凄美。

暗恋，不分种族、年龄、阶层……条件再一般的男的也会恋上白富美，但在房子、金钱、外貌等为人们所看重的残酷的现实条件面前，他们却自惭形秽。

暗恋有不同的类型，有各种故事，我在本书中将它们呈现出来，希望能够为你解相思的毒，为你疗相思的伤。

有人会问，书中所写是你亲身经历的吗？

每当听到这样的问题，我想每个作者都会微微一笑，不置可否。如果我说是，就会被人嘲笑，居然暗恋过那么多的女孩，而且竟然没有被其中任何一个喜欢上。如果我说不是，又会被人说，原来都是虚构的，真没意思。其实，文学作品都是来源于现实并且高于现实的,是作者将现实生活中的事件进行凝练、升华等艺术加工,若是你读后能够有所感悟,能够用以指导自己的现实生活,那么,作者的目的就达到了。

说到嘲笑,我倒是深有感触,因为自从我开始写作起,便有无数的质疑声在我的耳畔响起,当面的或是背后的都有。面对这些质疑,我多数情况是不回应的,我想用实际行动向他们证明,我可以成为一名作者,我一定会出版自己的书。

当编辑问我这本书的定位是小说集还是散文集时,我有些茫然,因为自己并未考虑这一点。其实我写这本书的想法很简单,就是讲故事给你们听,无论是暖心故事,还是悲凉的单恋故事,只是希望你们能够喜欢。我一直在等待本书出版,我想让当初那些质疑过我的人明白,每个人的梦想都应该得到尊重。

我一直在想,我坚持写作的目的是什么,动机是什么,仅仅是为了挣到那点稿费吗,还是为了实现文学梦想、作家梦想。

不是,我只是因为喜欢,才坚持写作。

从事写作意味着选择了一条孤独的道路。

我记得读高中时曾经投过稿,虽然被退回,但那也是我学生时代最美好的回忆。

我不想回忆,那些夜晚,我坐在江西省一个叫贵溪的小镇的一家服装店的地上,把稿纸铺在行军床上,写着可能发表不了的小说……

我不想回忆，给无数出版社投递稿件却收到退稿信的苦涩心情。

我不想回忆无数个进行写作的漫漫长夜。

2015 年，我偷偷地辞掉了房地产销售经理的高薪工作，家人不理解我，他们担心我无法靠写作谋生。

幸好，我坚持下来了，成了一名作者，完成了本书。

现在我已把写作当成了职业，内心坚定而自信。我想我会一直沿着这条写作之路走下去，希望它越来越平坦、宽阔。

2017 年 3 月 31 日夜
于北京通州

目录

第一辑　暗恋你，做你一辈子的全职暖男

我们每个人都会有暗恋别人、单相思的时候，我们仅仅希望能够在远处默默地关注她、帮助她，给她温暖，但她真的需要我们这样吗？她真的会领情吗？

暗恋你，做你一辈子的全职暖男 / 3
暗恋成空，我中了她的毒 / 10
红颜偶遇，终究是一场空梦 / 19
我的心有点空 / 28
一个人的独角戏 / 40
我们的生活很现实 / 48
我暗恋你，不需要你同意 / 53
暗恋成伤，我依旧相信爱情 / 65
那一场傻傻的痴恋 / 78
暗恋她，我自取其辱 / 86

第二辑　文青相亲简史

> 每一次美好的相亲，都会让我们遇到不同的人，每一次我们心里都会问："这一个是我的真命天女吗？我和她能够走到一起吗？能走多远呢？"抑或她仅仅成了我的暗恋对象。

文青相亲简史 / 95

优质剩男的相亲日志 / 105

当剩男遇上职场"白骨精" / 110

三次相亲相来爱 / 113

奇妙相亲手记 / 117

第三辑　相爱，是这世界上最艰难的事

　　有人说，爱情很简单，不是一见钟情，就是日久生情。但当我们真正陷入爱河之后，问题就会不断出现，我们会有这样或那样的难言之隐，会遇到来自社会、家庭的阻碍。我们要怎样做，才能拥有真正的爱情？

至少我们曾经拥有 / 127
娶你，是我这一生最大的事业 / 136
相爱不是容易的事 / 140
我只是她取暖的炭火 / 144
给一个最熟悉的陌生女人的信 / 150
幸福总是很短暂 / 157
邂逅 / 166

第一辑

暗恋你，做你一辈子的全职暖男

我们每个人都会有暗恋别人、单相思的时候，我们仅仅希望能够在远处默默地关注她、帮助她，给她温暖，但她真的需要我们这样吗？她真的会领情吗？

暗恋你，做你一辈子的全职暖男

陈奕迅的一首《十年》唱出了昔日情人十年之后再相见的那种凄凉与心碎之意味，唱得无数痴情男女愁肠欲断。时光如白驹过隙，2003年，我高中毕业前夕，和几个要好的同学一起喝得烂醉。2015年，我们这几个同学再次相聚，一边喝酒，一边回忆美好的高中时代。酒罢归家，心中突然觉得空落落的，我想起了一个女同学——叶莎，这次聚会我们没有联络到她。

一、暗生情愫

2001年的夏天，应该说是我人生中最快乐的一段时光，那时我们告别了初三的紧张学习生活，升入了高一，可以暂时放松一下。我上的是一所私立高中，学校非常大，我们像脱了线的风筝，每天在学校里嬉笑打闹。

第一次开班会的时候，有一个女孩上台介绍自己："我叫叶莎，以后要和同学们一样，好好学习，天天开心。"她刚一说完，我就在台下笑出声来，接着同学们都笑了起来。

那次，她给我留下了深刻的印象。她清纯如水，笑起来如同清晨绽放的鲜花，走起路来扎在脑后的马尾辫左右摆动，简直就像是一只精灵。而她最动人之处在于她的羞涩，每次说完话，她就会低下头，可爱极了。

从那以后，我一下课就会到叶莎的座位附近，和其他同学讲笑话。我从网上下载了很多笑话，把它们背下来，再讲给同学们听，其实目的只有一个——引起叶莎对我的注意。那个情形，就好像面试生在考官面前应考，手舞足蹈，极尽表演之能事。

同时，我用眼睛的余光看向她，她是一个好学的女孩，每次都在做题，仿佛脸上也有一丝微笑。我发现她没有看着我，让我感到很失望。

整个高一时期，我和她说话的机会少之又少，主要是我胆小，不敢主动跟她说话。但我总跟她借东西，今天借笔，明天借书，她都会很有礼貌地借给我。

当时我的语文成绩不错，尤其擅长写作，我的作文一直都是范文。我总盼望着上作文课，因为老师把我的文章拿出来读给同学们听，还会讲一讲我用了哪些好词好句。

后来，我在《武汉晚报》发表了处女作——《车旅咏叹》。一夜之间，整个学校都知道了有一个才子在身边，找我改作文的女孩不计其数。我着重给她们修改开头和结尾，然后在她们上作文课时，我给他们修改之处就会被她们的老师夸奖，这让我感到十分骄傲。

可是，叶莎没有找过我一次，直到我发表了第二篇文章——《玛丽之旅》。那一天，叶莎把样报送到我的桌子上说："看！你的文章，写得不错！"

那一天，是我最高兴的一天。

二、成为"朋友"

升入高二，文理分科，我和叶莎都选的文科，这让我很兴奋。因为成绩好，我坐在最前面，她坐在我的后面一排，她和我挨得更近了，这让我上课时变得更加规矩了。

一个月后，我的好友老张嘲笑我敢爱不敢说，我被激怒了，于是在上课的时候，写了一张纸条："我喜欢你，你可以做我女朋友吗？"然后丢到叶莎的桌子上。

她收到纸条后，没有任何反应，依然镇静地听课，而我却如坐针毡。终于下课了，她还是没有任何反应，我心急如焚,却又不敢去问她。

我去找老张诉苦,后悔自己一时冲动,竟做出这样的傻事。老张笑得更开心了,嘲笑我异想天开,不自量力。

我却冷静下来,心想,我去找她道歉,说我是开玩笑的,可是她会相信吗?整个下午,她都没有任何回应。

没想到晚饭时分,她居然约我出去聊聊。我们来到了学校的晨光湖边。此时,华灯初上,月光如练,我们围着湖走着,走了好几圈,都没有说话。后来,她终于开口道:"我觉得你是个好同学,经常教我写作文、做数学题,我很感谢你,我们可以做很好的朋友吗?"

开始时我的心跳速度很快,但当她说出"做很好的朋友"时,我满心的失望。毕竟一直以来我都在暗恋她,只是不敢表达出来,被老张激了一下,我才有勇气告诉她。现在听到她这样说,我觉得这是她在委婉地拒绝我。

我并没有体会到失恋的痛苦,没有开始过,何来失恋?我在心里默默地嘲笑自己。不管怎样,她是要和我做好朋友,说不定哪一天,她也会喜欢上我,我这样劝慰自己。

那一晚,我们坐在湖边,聊了许久。她跟我说起小时候的趣事,她的爱好,她为什么来到这所学校,她的理想,她以后想从事的职业,等等。

后来,她感觉冷了,同时也意识到我们得赶紧回寝室,不然楼门锁了就进不去了。我送她回女生宿舍楼,我觉得我俩这时像恋人一样，不禁感到特别幸福。

随后的日子，我变成了爱学习的好学生，天天认真做题；她也变得和我熟络起来，有不会做的题目就拿到我面前。我就把题讲得很细致，把解题步骤写得很详细，以免她看不懂，也是在故意增加跟她相处的时间。她的写作水平也在迅速地提升，我总告诉她，要像我一样，多写，才能写得好。

她亲切地叫我"老师"，我的心里十分高兴，脸上笑得像太阳花一样灿烂。

升入高三，紧张的学习让我们觉得喘不过气来，每天我们都在背书、做题、考试。不过，也不能一味地学习，休息、娱乐也必不可少。

周六的晚上可以早下课，我们几个要好的同学就会去喝酒。我们男生喝着啤酒，听着女生唱情歌，那个情形，现在还记忆犹新。

只是，我和叶莎依旧是普通朋友关系。老张在酒后问我们现在进行到了哪一步。我笑出声来，他们吓了一跳，却也不明白我是什么意思。

除了喝酒，还有一件令我们快乐的事——包夜上网。

当寝室关灯后，检查的老师也走了，我们会翻过学校的围栏出去，到对面的网吧通宵上网。我们在那听歌、聊天、看电影，乐不可支。

而叶莎就坐在我旁边，她有不懂的就问我。我教她用五笔字型输入法打字，下载游戏，阅读小说。整个过程，我根本没有心思玩自己的电脑，任凭里面的歌曲循环播放，将注意力全放在她身上。

天亮了，我再送她回寝室补觉。

三、天涯陌路

2003年的夏天，我们高中毕业，分别之前我都不敢再追问她是否愿意做我的女朋友。

她曾经多次告诉我，她把我当成哥哥。我也不止一次回绝她，不要她做我的妹妹。这个时候她总是笑，而我的心里却在哭，但是一看到她笑得那样动人，我就生不起气来。

美好的时光总是那么短暂。很快我们就高考完了，马上毕业离校。在最后一次班会上，同学们都互相留下了家里的电话，以便保持联系，我们还约好两年后要举办一次同学会。

毕业后，她就好像从人间蒸发了一样，我再也联络不到她。我打了几次电话到她家里，她都不在。直到我参加工作也没有联系上她。后来听同学说她已经恋爱了，准备结婚了。那一刻，我心灰意冷，把写着她电话的本子撕得粉碎。

心情平复后，我觉得不甘心，于是到处去问她的手机号，却没有人知道。

就这样过了两三年。一天，我竟然收到了叶莎发来的短信:"我是叶莎,我在汉口。"当时我不知道哪根筋不对,鬼使神差地回了一句:"我正和女朋友在一起。"然后删了她的手机号。

等我冷静下来,想联系她时,就后悔删掉了她的号码。我跟同学们打听到了她的号码,但打过去时,语音提示该号已停机。

2015年,我们几个同学聚餐,我向大家打听叶莎的消息,然而没有人知道,我的心里感到很失落。十多年没见了,她的脸在我的脑海中有些模糊。虽然我们从未在一起过,但毕竟我曾对她情有独钟,我希望她能参加我们的同学聚会。不知道见到了她,我的心情是否也像《十年》中唱的那样,心酸,苦涩。

暗恋成空，我中了她的毒

一、小丑表演，为博红颜一笑

我常常自诩是一个落魄文人。其实，我连一篇文章都没有发表过。但是我喜欢文字，喜欢沉浸在文学的世界里，任由自己的思绪天马行空、自由飞翔，享受着那种无拘无束的、浪漫的感觉。

也许是骨子里向往纯美的大自然，我决定要游走各地，感受名山大川之美，体验不同的风土民情。我在旅行包里塞进厚厚的稿纸和几支钢笔，为的是在各地游览时记录下自己的所见所闻所感。

在我动身之前，一天下午，我经过一家休闲服装专卖店，透过玻璃看到里面有一个女孩正在给模特换衣服。这个女孩一脸的严肃认真，让我突然心中一动，想要逗一逗她。我在玻璃橱窗外面走了一个猫步，还摆了一个姿势，并看向里面，看她如何反应。可她一直专注地换衣服，根本没有注意到我。

当我认定自己失败了，正准备停止动作往前走时，她突然发现了我，便笑得直不起身，手上拿着的模特的手臂也掉在了地上。

我见她笑了，便将肩上的背包拿下，在手中旋转，如同表演一个无声的小品。接着我打开背包，把头伸进去，结果上衣被背包勾住了，头出不来了，我的手一顿乱抓，但无论怎样努力头还是出不来，我便伸手向周围求救。

忽然，另一只手出现了，把我的上衣从背上扯了下来，头终于出来了。接着，我学周星驰走同手同脚步伐，再像军人一样正步走。余光里，我看到她一只手掩住嘴笑着。我不禁也笑了。这时她脸红了，便转过身去。我心想，没想到我竟博得了红颜一笑，也没白费力气。

有人说，爱情的最初端倪便是吸引。我已经吸引了她的注意，不知道她是否会记得我，或者有可能会讨厌我吧，至少对我的印象比街上别的过客要深一点，如此便够了。

她的面庞如此温柔可人，让人不禁心生爱怜，但我们也只是偶然相遇，一切都是虚妄的幻想。

二、偷吻

我看看自己的衣服,似乎早已过时,于是我走进店里,认真地挑选起外套来。她就站在我身边,红着脸,不敢直视我的目光。她试着帮我选尺码合适的衣服,我说:"我要一件XL号的外套。"这时我仔细地凝视着她,多么纯洁的一张脸,仿佛一张白纸,等待画家来给它涂上颜色,或者一个诗人写上浪漫多情的句子。

我到收银台结账付款,看到她的眼神似乎有点不舍,难道是还没有看够表演吗?我犹豫着,是否应该问她的姓名和电话,不,先得问问她有没有男朋友。但是初次见面,这样也太唐突了,于是,我问她:"下班后去陪男朋友吗?"这种问法,既可了解她的感情状态,又不觉得尴尬。

她低头一笑:"不,还没有。"

她似乎还有话要说,但忍住了。店里生意冷清,其他的店员都躲在后面的休息室里聊天,收银员也在那里。我听到有人在说昨天买的口红如何的好;还有人说昨晚化了两个小时的妆,等男朋友来,结果没有等来,气得她一晚上没睡着;还有一个人说,有个有钱人爱上她了,要跟她交往,等等。我不禁在一旁冷笑了两声,她们没有听到,也没有人理我,竟把我当成空气。

不知怎的,我鬼使神差地要求她再给我拿一件相同的衣服,我说:"这样我可以倒换着穿。"她微微一笑,迅速地又拿来一件,熟练地将衣服递到我的手上,然后自己去结账。我付款后准备离去,这时她又盯着我看,眼睛里面似乎有着依依不舍和异样的光芒。不知为何我的心里突然有一股冲动,让我凑到她的脸颊前,轻轻地吻了一下她的唇,然后转身飞快逃离。她呆立在那里,没有叫喊,也没有任何举动。

我终于还是上了火车。在我的心跳渐渐平稳下来的时候,我开始慢慢回味这一切。她一定受惊了吧?我有些自责、有些歉疚,但又感到一丝窃喜、一丝甜蜜。那带着香气的红唇让我陶醉。

我是暗恋上她了吧,我心想。我也通过行动告诉了她我的想法。

三、我身流浪,心却在你那里

我去了各大名山游览,寻访李白游历之处,参观各种楼阁、峡谷和河流,吃了武昌鱼、精武鸭脖、煌上煌卤菜、重庆麻辣烫、北京烤鸭、天津狗不理包子……

在每个寂寥的夜晚,我会拿起笔,写下一些诗句、游记和小说,这些随意写就的文字反映了我的喜好、情感。当然,我还时常想着那个服装店的女孩：她过得好吗，还记得我吗？

后来，我坚持每个季节都要去她所在的店买一件衣服。我每次都对她说："我要一件 XL 号的外套。"我一直没有问她的姓名，也没有等到她下班再离去。我每一次都问："今天下班后去陪男朋友吗？"她每次都轻轻一笑："没有男朋友，没有人需要去陪。"

我们两个渐渐熟络起来，彼此的话也多了，但还是我说得比较多。我爱贫嘴，她倒是爱听我的腔调，即使是乱侃一通她也笑着听。

我们都是成年人，彼此的眼神交流也都能会意。我心里有几分伤感，现在我不能给她幸福，所以什么都不能说，什么都不能做。

我开玩笑似的对她说："要是能抱一下你就好了，这样我在路上就不会感到冷了，因为你就像太阳一样，会带给我温暖。"她没有反驳，大概是无言以对吧。不过，也可能是默认了呀。想到这，我突然紧张了起来。

这时，我看到她的眼中含着热烈的情感，还有一丝不解，仿佛在讨伐我："你为何这般折磨我，在我忘了你的样子时又出现在我面前。在我想你的时候，却看不见你，想和你说话也不能。"

我说："每到换季的时候，我的衣服就该买了。记得给我留几件这个尺码的，我来后会全买了。"

她答道:"我早就记得了:'我要一件XL号的外套。'你的台词我都会背了。仓库里给你留了呢,你就准备好钱来买吧。"

我笑言:"要是把你也买下该多好呀!"

她二话不说,给了我重重的一拳。我大叫一声:"完了,粉碎性骨折,下半辈子就靠你来照顾了。"

"好呀,我会好好地'照顾'你的,一天到晚找茬揍你,让你痛苦半生。"她脸上带着坏笑,对我说道。

我听了她的话心里感到很高兴,同时也有些酸楚。我还是要走的,只能把她装进心里。不过这次我们互相留了QQ号。

喜欢,却只能藏在心里,不能说出来,个中滋味,只有同病相怜者才能知道。

四、千金易得,竟再难寻你

我用心写诗,写游记散文。我将它们寄给编辑,他们刊载了我的多篇稿件。

等到第四个季节来临时,我已经在几十本刊物上发表文章了。我又去了那家服装店,依旧要了一件XL号的外套,是最贵的那一款。她似乎忍不住想和我说话,似乎有疑问要我回答,我没有给她机会。我说:"这里的衣服质量不错,我穿着跋山涉水都不破。"

我给她讲旅途的风景，还有其中我感受到的快乐。她像个孩子一样挨在我的身边，听我讲述那些有趣的故事。

短暂的相遇后，我又要离开这座城市，去更远的地方采风。她终于问道："你哪天再回来？"

我笑了："随缘。如果我还记得这座城市，就会回来。"

她有点黯然，将我送出门，又目送我到了街口。我转身时，见到她的背影，还有一个手贴到脸上的动作，我知道她在擦拭眼泪。

我行走在路上的时候，她总是在网络上等着我出现。我上线了，她会立即给我留言，询问我的一切，我的身体是否健康，我的心情好不好以及我的收获。

在游览的过程中，我领悟到，最简洁的文字即可表达丰富的情愫和思想。我将自己几年的心路历程用文字记录下来。

居然有一个书商联系到我，他说："你的博文，文风独特，很吸引人。从火爆的留言就能看出来。我想把你的文字印成文集。"

在这个时候，我竟第一时间想到了她。我迫不及待地想坐飞机去她所在的城市。我有一种飘在空中的感觉，就像我沉浸在文字的世界里一般，一种漂浮感、神秘感和浪漫感将我席卷。

我的文章很快结集成书，竟销量极佳，读者疯狂购买。

于是我去各地签名售书，自己原有的行程也被打乱了，再没有时间去那家服装店看她。

利用签售的间隙，我飞到了她的城市，来到她所在的店，发现她竟已辞职离去。我感到很失落，我竟是如此天真，以为她会一直在原地等待，我也可以一直找到她，我以为这也是一种浪漫。

不是她给我选的衣服，我穿着总觉得不舒服，连走路都觉得别扭，更别提跋山涉水了。

我问遍她的同事，仍问不出她的去处。我和店老板谈了店面的转让问题，我出的价钱足以让他开两个店，就这样，我接手了那个店，将店名换成她的名字，我想在这里等着她归来。

我在网上疯狂地留言，却等不到她的上线消息和回复。

我的心情跌到了冰点，失魂落魄地赶往签售处。

…………

"我要买一本书！我要一件XL号的外套！"我猛地抬头，她就站在我的面前。

我傻傻地一笑，走近她，就像当年一样，强吻了她。其他买书的人一致鼓掌，祝贺有情人终成眷属……她说看到报纸上写了我的几个签售城市，去了那几个城市才来这里见到我。

她说："那一吻，不能白吻。"

我在她耳边说:"以前不敢承诺,是没有资格,现在我买下了那家服装店,我要对你说三个字:老板娘。"

她笑着要打我,我又说了三个字:"我爱你!"

……………

这个情景在我脑海里浮现了一百遍,可是现实很残酷。

她销声匿迹了,再无踪影,再无音信。

红颜偶遇,终究是一场空梦

一

我一直没真正拥有过爱情,虽然以前我曾爱过,但那只是短暂的相遇,最后她又无故离去,就像一片云一般飘来又飘走。

在那些失眠的夜,我除了听听音乐,还会拿起笔在纸上胡乱写下一些文字。我想起陪她去"天下第一楼"——黄鹤楼的顶楼读诗的情景,陪她在长江上坐轮渡、吹江风、玩江水的美好时光,陪她在珞珈山的树林中表演迷路的情形……那些日子好像就在昨天。

我从小记忆力就很好,比如游山玩水时见过的风景,比如心爱女子的话语我都会印象深刻。可这一次,我一定要学会遗忘,不然我会备受折磨。我还想留着强健的身体去游历祖国的大好河山,我有一颗不安分的心,心中有着浪漫的情结,总是渴望着去流浪。

每天下班后,我找不到出行的理由,虽然我劝说自己,长江就在公司的旁边,可以去江边玩,可是我似乎对游玩失去了兴趣。我意识到不能这样下去,我必须找回那种美好的心境。

有一天,公司组织小区的老年人去秋游,我成了负责人之一,正好我也可以出去游玩一番。我想我不只是想看风景,更重要的是散散心,让那些伤心的记忆全都消散在空气中,消散在遥远的异地。

二

我面无表情地安排着老人拿行李、上车、戴标志牌。就在上车的那一瞬间,一个陌生的年轻女子的笑脸突然出现在我的眼前,让我不禁也展开笑容。

我仔细地看着她,她的眼神便闪开了。她那灿烂的笑容让我失了神,就忘了把口袋里的风油精拿给老人,直到他们叫我的名字。

再看，她已不见。

我轻轻一笑，摇了摇头，心想，只是一张笑脸而已，不足以让我记住吧。我坐到了车上，在吵闹声中闭上眼，想让心静下来。

再睁开眼时，发现那张笑脸仍然在我眼前，我徒劳地闭上眼，那笑容仍在。

"大家好，我是这次旅游的导游曾梦，大家可以叫我小曾。"突然，一个清脆的声音在我的耳边响起。

睁眼一看，又是她，我冲她笑了笑。她也用一弯浅笑回应了我。

"这是我们这辆车的负责人赵先生，这次出游由我们俩共同负责大家的路线和安全。"她竟向大家介绍了我。我想起她的名字，曾梦，这个名字富有诗意，如她的人一般。

她用了"我们俩"，让我对她有了一种亲近感。这时，她走到我身边，在我耳边轻轻说了句："赵先生，你好，你能到车子前介绍一下自己吗？"

她离我很近，我清楚地感受到她的气息，这令我十分紧张，心跳加快。于是我走到车的前面，就笑着随口说了几句。接着她继续向大家介绍此次出游的景点——黄陂清凉寨。她有一张小巧的嘴，灵巧而伶俐，为大家介绍得生动有趣。我拿着手中的宣传画看，其实对这个景点我早已熟悉。她又指着我说："大家如果有头晕和其他不适的感觉，请告知我或者赵先生。赵先生那里有风油精和其他药品。"

我打量着她的脸,她算不上漂亮。我听到了车上有人在谈论着其他车上的美女导游,我暗笑他们的轻薄和世俗,美貌并不是衡量女人最重要的标准。

她那亲切的面容勾起了我小时候的记忆,让我想起来那时住在我隔壁的小妹妹。我呆呆地看着她,微笑着,她又冲我一笑,我知道这笑是给我一个人的,是一种温暖的笑,以前我似乎没有见到过。

我想,这也许是一种缘分吧,我对她有一种朦胧的感觉,我的心与她很近。

然后,她唱歌、说绕口令、讲歇后语、模仿名家段子,不停地表演着才艺。我想起了自己过去在校园里,也是每年都表演相声小品。她竟与我如此相似。她还邀请我唱歌。我唱了一首《秋天不回来》,大家都鼓掌叫好。她也对我说了感谢的话,我很高兴。

三

时间在我和她的歌声中很快溜走。后来我们交换着讲解上山的注意事项:要扶好前面座位的把手,不要把手伸出窗外,下车前伸展一下手脚。与她专业的解说相比,我显得很业余。

很快就到达目的地，是在一座环山上，与有名的木兰山隔山而望。爬上那环山的路，我过去的记忆会重新浮现吗？我又一次提醒自己要遗忘。

我和她站在车门的两侧，我个子高，伸手扶在车门的上方，防止有老人撞到头。她轻轻地抿嘴一笑："赵先生，你是挺细心的一个人嘛。"

我终于可以和她说话了，但我还是忍住内心的激动，压住语气说："我不叫先生，我叫赵小侃。我的确细心，你看，我给你留了一瓶水。"我把瓶装水递给她。她冲我点头微笑。

"对了，这次出游由我们俩来负责，为了方便联系，能打个电话到我手机上吗？"我对她说道。她听后即刻拿起手机拨号。

爬山的过程中，我听到身边游客传来沉重的呼吸声，但是我竟像得了神力一样，脚步轻快。我一直追随在她的身边，时时听到她清脆爽朗的笑声，把我长时间的忧郁驱赶走了。

她走在前面，跟大家说："大家请小心，注意头顶的树枝，不要撞到头。"然后我在她身后像个扩音器一样，大声地喊："大家小心了，慢点走，风景就在身边，慢慢欣赏，注意头顶的树枝！"我们是一对默契的搭档。

她边走边讲神话故事，我在她说完一句后纠正道："不是'gù sì'，是'gù shì'。"她低下头来，又凑到我的耳边，说："你是要帮我还是要损我？我下个月就去考普通话。"

然后她带着游客向前走了。

到了传说中七仙女洗澡的地方，她给游客们讲那个美丽的故事。我在一旁又加了一句："董永当时正好路过此地，遇到了七仙女，爱上了她。"

她在一旁接着说："是这样的，董永和七仙女的故事大家想必都知道，是一段很吸引人的故事。"然后，她指着前面的水帘洞和酒醉湖，告诉大家那是龙王的第九个儿子游玩、喝酒的地方。我又在后面加了一段："龙王的第九个儿子非常不听话，每天纵情于山水，饮酒作乐，并期望着爱情，终于在这座有着灵气的山里，遇到了他的梦中情人。他与她一起游山玩水，背着她越过高山，穿过峡谷，每天过得十分快活。这一个湖的水量相当于他一天喝的酒量。他的爱人也在湖边陪着他喝酒。"

她被我震住了："你挺能编的嘛，讲的故事很吸引人，带着感情色彩，还有真实感，把神话和传说结合在一起，还增加了爱情故事，这样游客们都爱听，我佩服你。"

我说："其实我就是一编小说的，这是职业病，不过平时哄哄女孩子罢了。"

"呵呵，那你怎么没带她来？这么好的景致，与自己的爱人一同欣赏，多么有诗意。"她接着我的话说，一下子说得我沉默了，我不想说，我的那个她已经离开了我。我只是开玩笑地跟她说："我这不是在哄骗你吗？你可不要上当呀。"她在我的身旁，笑靥如花，在湖面波光的反射下，实在美极了，像一幅山水画，而我就是画家。

四

我们一直形影不离，她走到哪儿，我就跟到哪儿。到了一个陡坡，我先上去了，然后伸出手要拉她上来，她没有拒绝，我用力握紧她的手将她拉上来了。她的手软软的，如同一团热乎的棉花，给了我温暖，直到心田。

我在坡上对着下面的游客喊："大家小心点，慢点，这里有一个小坡。"她就在我的身边，离我很近。我愈发有劲了，仿佛成了一个导游，热情地和她配合着。

到了山顶的挽风亭，风很大，爬山出了一身汗的人可以感到阵阵清凉。在此建亭，实在恰到好处。有游客拉着我们一起拍照，我求之不得。还有个游客提议让我和她一起合唱一曲。听两个青年男女唱流行歌，是这些年纪偏大的游客乐意做的事，这让他们的心也暂时变得年轻。我轻轻地拉了拉她的袖子，她会意，跟我一起走到前面，对唱了一首唯美情歌——《今天你要嫁给我》。当然歌是我选的，她也同意。一大群人在亭子里坐着，听我们投入地唱着，为我们鼓掌喝彩，这种情景真的是很美好。

唱完了歌，我拉她到了亭子的边沿，下面几十米处就是酒醉湖，风吹过来，我闻到了她身上的香味。我情不自禁地轻轻地拉了她的手，脑中感到一阵眩晕……

在某个时间，某个地点，突然遇到了一个人，让你产生了莫名的悸动，让你禁不住在心中问道："我和她会有故事发生吗？"

五

她跟我说她喜欢上网、旅游、写作、听歌、唱歌等。我说："看来咱们志同道合，真是幸会。"我问起了她的个人情况，得知她是单身，我把 QQ 号给了她。

我觉得她这个人是很努力的，为了做好自己的本职工作，认真地学习普通话，学习才艺。一路上，她不住地夸赞我，给我信心。让我的心态也转好了，意识到自己也有出色与独特之处。这之前我一直是一个忧郁和悲观的人。

在众人品尝农家菜的时候，我忍不住向她望去，想多看她几眼。不知道明天她又会带团去哪里。她那么瘦弱，每天都如此奔波，让人心生怜爱。

返程时我很伤感，我觉得似乎还有无数话要对她讲，也想要听她说话，真希望与她彻夜长谈，并一同听歌、唱歌、一起写作，完成美好的爱情故事。

想到这些我的心情更加沉重，我没有说一句话，她依旧时不时冲我笑笑，我脸上的表情却有点凝重。我敷衍着对她笑了一下，然后低下头去，发了一条短信："我被你吸引住了。"

她听到手机的和声，打开看了，只见她的脸上有些惊讶，又带有一丝不易察觉的欢喜，但她不敢再直视我了。若是她此时看我一眼，一定能够看到我那热烈的眼神，发出炽热的光芒。

临下车时，我轻轻地指了指她手机的方向，又轻轻地说道："请记住。"

我一直给她发短信，还去参加她带的旅游团。我们一起去了很多地方。

过了半年左右，公司提升我为售楼部销售主管，我拒绝了。这时我已考取了导游资格证，可以带各种旅游团，然后我去黄陂的清凉寨旅游集团应聘。我只想带着曾梦去游山玩水：攀登华山，荡舟西湖……走到天涯海角。

还记得她曾说过："这么好的景致，与自己的爱人一同欣赏，多么有诗意。"

然而，见到她的时候，她却递给我一张喜帖。我的心中一震，心口感到疼痛无比……

暗恋一个人，满怀着希望去努力、去争取，然而最终成为一场空梦，你就像被一把匕首狠狠地刺伤，痛苦不堪。

我的心有点空

一

孤寂仿佛就是爱的导火索,点燃了一个又一个的爱情童话。

我们在网络上相遇。那个时候,我是一名保安,她是一名实习护士。在一个百无聊赖的夜晚,我对她说:"我的心有点空,想跟你聊聊天,把你的电话给我可以吗?"

她说:"你的心空不空跟我有何干?不过我也正好没人说话。"然后她就将电话号码给了我。

我拨通了她的电话,然后跟她聊了起来。她不告诉我她的名字。我说:"你这样做人就不厚道了,我们也算认识了,即使做不了朋友,也算熟人了,哪天有人问起你,我介绍起来连名字也说不出,岂不是让人笑破肚皮。"

她被我逗笑了,说:"你也够会忽悠的,怕了你了,我叫华小鱼。"

"报告华班长,我是队长赵文渊,没有谈过恋爱,可以保护你的安全。我性格幽默,口才出众,工作不佳,更待努力,英雄莫问出处。你是小鱼,我就是水塘,与你同在。你是天使,我就是清风,助你飞翔。"

小鱼被我的介绍逗得笑出声来。她告诉我,她也一直没有人陪,听我说话还蛮有趣的,让自我封闭的她变得开朗多了。

我说:"正好我的工作是轮班制,只要我休息我就去陪你说话、逛街。"

圣诞节,我正好上白班。那天晚上我下班后便决定去找她。她在电话里告诉我坐几路车,在哪里下车。到了车站我就见到了她。她穿了一件中长款的乳白色外套,白皙的脸,炯炯有神的眼睛,她看上去就像是黑暗中的一道白光,真是像一个来到人间的白衣天使。

我们沿街走着。她问我如何看待喜欢和爱。我说,喜欢只是对一个人有好感,而爱是从心底赏识一个人,渴望与她在一起。我夸夸其谈,大讲爱情理论。她听得发呆了,直夸我对爱情理解得深，不愧为爱情专家。

我说："什么'家'呀？我可没有成家，要不你帮帮我？"她轻声笑着。

我说："我丑得不能出门，也没有钞票，工作也不出众。"她并不想听这些，只是和我谈论着对爱的理解，对另一半的态度和真诚。我想，看来她只是要找一份真爱，并没有在乎人的外表、工作和家庭背景。她说，大多数女人都想找一个事业有成的男人，可事业有成的男人也是经过努力奋斗才获得成功的。她可能会找一个正在奋斗的男人，并且帮助、支持他走向成功，和他一起享受成功。

走过一条又一条街，突然，她的电话响了，原来那晚轮到她值夜班。看看时间，已是半夜十二点。我们相视一笑，畅谈已让我们忘却时间。

我执意要送她回医院去值班。到门口后她便要我赶紧回家，怕不安全。我大笑一声："我是做什么工作的？如果连自己都保护不了，还能保护别人的安全吗？正好我也要去医院量一下血压和体温，跟你一起进去吧。"

于是我顺利地得到了护花使者的职务，可以名正言顺地陪着她值夜班。我看到她换上了护士服，为这个病人量体温，为那个病人打针，我感叹道："外表如莲花般清新可人，内心真是细心周到、柔情似水。谁有了这位红颜知己，真是幸福。"

我在一旁静静地等着她,心里甜滋滋的。两个多小时后,她才坐下来,我赶紧递给她一杯温水。她还当真地拉着我量血压、量体温。我好不容易才找到一件事做:帮着她敲冰块。

她闲下来后,我便坐到她的桌边,和她山南海北地侃,逗得她不停地掩嘴而笑,生怕吵到了病人。

那个夜晚似乎弹指间便过去了,她告诉我:"以前上夜班时总觉得难熬,想睡觉,有了你的陪伴就觉得时间过得很快。"我催她赶紧去吃早饭,然后再睡一觉。

在我赶回公司的途中,她给我发来短信:"以后有我的陪伴,你不会寂寞。上下车注意安全,我不想吃东西,先睡了。"我看完觉得鼻子有点酸,也感到受宠若惊。

在她休息时,我想去陪她,可我要值班,这真让我苦恼。于是手机成了我们传情达意的红娘。我成了一位浪漫的诗人,在短信里给她写满含感情的诗句,竟也令她赞叹和感动。

我明白,要想和她在一起,必须先了解她。我一边喋喋不休地征婚般地自我介绍,一边问她的兴趣爱好,爱穿什么衣服,爱吃什么菜以及爱看哪些书。

几乎每天早上我都发短信催她去吃早餐,但我发现她总是很忙,不是要赶去上班,就是要忙着补充睡眠。这让我很心疼。

元旦那天,我们都要值班,没有空出去逛街谈情。正好我发了一百元过节费,于是我买了一箱纯牛奶和两袋面包,写了地址和收件人——××医院神经内科护士华小鱼。在交班后赶到医院,交给了她。我说:"我刚才在医院门口遇到一位病人家属,非要我帮他把东西送到护士站,交给你。说是感谢你一直以来对他父亲的照顾,他赶时间先走了。"她笑着说:"这些家属真是太热情了。"

我说:"那也是因为你对病人好,正好有人送你这些吃的东西,你以后可一定要吃早饭。"她莞尔一笑,说:"遵命。"

第二天,我又拿着一大本《青年文摘》合订本送给她。里面有我写的文章。她吃惊得张大了嘴巴:"你还会写文章?"我说:"当然,励志的、爱情的、职场的、人生的我都写。"她拿过书,像得到了宝贝一般,头也不抬地看着说:"我平时最爱看《青年文摘》这一类的书了。下班后边听音乐边看书,是一件惬意的事。"

我赶紧加了一句:"是啊,这些文字饱含着我的心血和汗水,见书如见人,以后就让这些文字替我陪在你身边,伴你度过一个个漫漫长夜。"

然后,我取笑她:"是不是又吃鸡蛋、面条了?"每次我打电话问她吃过没有,她总是说吃的炒饭或是炒鸡蛋、煮面条。我很心疼她,却又不能立即飞到她的身边,帮她做一顿既可口又有营养的饭菜。

"这个好吃呀,再说我也不会做别的什么好吃的菜。"她红着脸调皮地说。

我拍拍胸膛说:"做饭可是我的强项。想当年上高中时,我连续三个暑假都到我姑姑开的饭店去实习,做厨师的帮手,对鄂菜有一番自己的见解,手艺也不错。今天就让我一展身手,为你烹制出一顿美味佳肴,让你也知道我不仅写得一手好诗,管得好一支保安军,文武双全,还是一个业余的厨师。"

我们去附近的超市买来鱼、肉和蔬菜,我亲自下厨,她在我身旁又是当帮手又是当学徒。我进行了刀功展示,让她称赞不已。我还把每道菜的火候和味道控制到最佳状态。很短的时间内,桌上便摆满了我的劳动成果。我拿筷子夹一块回锅肉片放到她的嘴里,她嚼了半天,面无表情。我心里不禁担心起来,难道我做的菜味道很差?不可能呀!我尝了挺好吃的。突然她呵呵地笑起来,说:"实在是太好吃了,这是我吃到的最好吃的家常菜了,你可以去做一名厨子了。"

我说:"不,我只想做你一个人的厨师。"

她赧然一笑,便去拿碗给我盛饭:"今天你是大功臣,赏你一碗饭吃。"

我把她最爱吃的鱼肉夹给她吃,又把爆椒牛肉夹到她的碗里,最后将一勺米饭送到她的嘴里。

她娇嗔道:"我又不是小孩,自己会夹。"

我说:"你那么忙、那么累,需要人照顾,我可以照顾你的。照顾人一天容易,要照顾一辈子就难了,我可是能做到有始有终的。"

我说得她很不好意思。她说吃饱了，要去洗碗，我赶紧阻止她，正好碰到了她的手，只觉得好柔软、好温暖。我说："今天我服务到底，洗碗也归我。"

我拿过盘子、碗筷去洗。她在旁边看着我笑了。这时我也感到很开心。

因为工作的特殊性，我们在一起的时间很少。不过我一有时间就去陪她，带她去各个小吃街，吃鸭脖、龙虾、吃自助，吃遍各种特产；带她去长江来回地坐轮渡，看江水，到江滩的沙滩上玩水、吹江风；带她去坐过山车，坐摩天轮，坐碰碰车，我在空中对她说："我爱你，你知道吗？"她总是说："你说什么？我听不见，机器太吵了。"

她喜欢我在电话里给她唱歌，说我的声音音色好，说话也幽默，可以去做电台主持人了。我在电话里说："我只做你一个人的主持人，只给你一个人讲单口相声，只给你一个人背电影台词，给你讲历史、爱情故事，这样我就满足了。"

她听了十分开心，说："那我岂不是很有耳福？"我说："乐意为你效劳。"

我也经常给她发逗她开心的短信，她也会很高兴地回复。在一个寒冷的雪夜，我给她发短信问她在干吗，晚饭吃的什么。一直发了四条短信，她都没有回。我觉得奇怪，自己没有得罪她，她怎么不理我呀？我觉得不对，赶紧打电话过去。

接通了，她有气无力地说了一句"怎么了"，电话就断了。我愈发担心了。

我看了看时间，已是深夜十二点了。我走到街上拦了一辆出租车就直奔她的宿舍。

门没有锁，我推门进去后吓了一跳，只见她蜷曲着身子躺在床上。宿舍里只有她一个人，别的女孩都出去或回家了。我赶紧走到近前，摸了摸她的头，没有发烧。

"哪里痛？"我焦急地问。

她很吃力地说肚子疼，可能是着凉了或者吃了不卫生的东西。我赶紧把"热得快"拿出来烧开水。我握着她的手给她鼓励："不要担心，过一会儿就好了。"水烧开了，我倒了一杯水，晾了一会，用勺子喂给她喝。然后将一个玻璃瓶灌满热水，把瓶子给她，让她捂在腹部。

这些方法果然有效，一会儿她就感觉好多了，说肚子的痛减轻了。她轻声说："你怎么这么晚还来看我？你还懂得护理知识呢？"

"短信也不回，电话也断了，我能不担心吗？"

"手机没有电了，刚接通就关机了，只有一块电池。"

说完，我们相视而笑。

喜欢她，却不敢表白。因为我无房，无车，无存款。

二

后来，她的家人知道了我的存在，便强烈反对她和我来往。她开始躲避我。我给她发短信她不回，我给她打电话她不接，我去找她也很难见到她，好不容易找到她，她也不和我说话。我真的觉得束手无策了，以前所有的爱情理论和爱情兵法都起不到作用了。以前她曾说过，她最爱和我说话，因为只有我才能逗她开心，只有我才能和她不停地讲话，接住她的话题。

我六神无主，在马路上走着，不经意一抬头，看到了路边的巧克力广告，我顿时有了主意，以前她说过她很爱吃巧克力，送她这个或许可以取悦她。

我马上到超市买来巧克力，可是她会接受吗？我该写点什么让她更愿意接受我送的东西呢？我找来了一张精美的信纸，在上面写了她说过的话，我们游玩时的快乐。比如："我们曾经在东湖鸟语林散步聊天，是你带我在湖边的树林里走了一条又一条小路。那时那里还没有路灯，黑漆漆的。经人投诉并在报纸上曝光后，那里安装了许多灯。现在它变亮了，我却找不到和我一起游园的人了，你可以再陪我去吗？""你每次都叫我小猪猪，问我起床没有、吃饭没有，我感觉心里好温暖。你还这样叫我好不好?我这头小猪都变瘦了,你知道吗?"

此外,我还写了一首诗:

白衣天使

云淡星疏阴霾散不开
东风吹来的你一袭素白
湖畔冷月无声,我的心早已不在
望穿秋水凝望你的笑靥已苍白
我仰天长叹,肠断泪干等雨来

月华如水,你白衣飘飘下凡间
春风拂在脸庞,我的心碎汹涌成涛
一缕相思将绝唱奏出调
孤灯夜雨我醉拥你蛮腰

东风吹来的你一袭白衣
倩影轻倚霞光映江堤
明眸皓齿你青丝遮眉底
我无力静静滑进你眼里
寂寥长夜你说眷恋我锐气

东风吹来的你一袭白衣

我们隔街仿佛你在天际

雨来白衣尽湿,你却不躲避

你颔首不语泪先落地

泪雨汇合成剑将我无端袭击

功名利禄如暗器,真爱无情把我抛弃

白衣天使,你拯救凡人不给我良机

月黑风高等不到你一袭白衣

暮云散尽我在江畔唤你的名

花容映在酒里,我心凝结成冰

江水为竭只为等你背影

东风吹不来你一袭白衣

物是人非你满怀怨恨由我起

我若化为云烟,你是否赐我一抹笑意

  写完之后,我把它们装进一个礼品袋里。袋子的外面贴上了一张便条,上面写着:"神经内科华护士收。(我是一名患者,曾经得到了你的热忱照顾,以此表示谢意,请笑纳。)"

  情人节的晚上,我和她都要值夜班,真是天公不作美,可是我偷偷地安排好了工作。

打听到她上班的班次后，我来到医院，到神经内科护士站等着她。

她走出科室的那一刻，我冲上去，交给她一本《护士执业资格考试试题集》，她正准备考护士执业证书，这是我为她买来的，还有装着巧克力的礼品袋。

我之前曾在心里幻想着这样的画面：我冲上去抱紧了她，说："天使别跑，我要抓住你。"她则嗔怒道："你抱得太紧！我呼吸困难！"然后我们紧紧相拥。

可是这一幕没有发生。

她的话像尖刀一样刺向我的心："对不起，你这样让我感到很不自在。我家里已经介绍一位医生跟我相亲了，他们都看好这个人，我也很满意，若是发展顺利我会跟他结婚。"

说罢，将书、礼品袋还给了我，转身，决然地离去。

而我，愣愣地站在那里，手里的东西掉了一地……

一个人的独角戏

我记得,那晚十点钟她还跑到我家门口问了我工作上的一个问题,我竟生不起气来。在她的这场游戏中,我成了什么?是玩具还是替补?她不断地享受我的关爱,从我身上获取知识。她对我有感情吗?我们之间有爱情吗?我感到怀疑。我发了一条短信给她:"我们以后还是不要来往了吧。"这是我第一次主动拒绝女孩,说"拒绝"似乎都有些不准确,因为从严格意义上讲,我们没有真正开始过。

一

我在一家房地产公司上班,是单身。公司里有几个女孩还不错。同事都劝我:"近水楼台先得月,肥水不流外人田。"可是我说:"兔子不吃窝边草。"其实也只是没有遇到适合自己的。

我认为,爱情与工作应该是分开的,是独立的两件事。工作是工作,与爱情无关,工作是为了生存,而爱情是为了生活。

上班时,我满怀激情,如工作狂一般。下班后回到家,脱下西装的时候,我竟如木头一般,独自面对孤寂的夜。只是听听忧郁的曲子,写几个字解解闷。没有了客户的咨询,我也就没有了侃侃而谈的机会。

我也渴望爱情,渴望有人陪伴,希望能有个人跟我聊天,让我不至于独自呆坐在桌前。

后来公司为我招了一个秘书。她来上班的第一天,我的工作很忙,不停地接着电话,处理和安排各种事情。

后来,我发现了她的存在,她似乎要问我什么,可我一直都没有看过她。她似乎一直在盯着我,看我如何工作。这时,她终于有机会跟我说话了,她叫了我一声,问了我问题,我只匆匆地答了一句,又去忙其他事情了。

我能感觉到,我的一举一动以及我说话的语气、神态,我雷厉风行地安排人员、处理事情,都能落入那一双时刻关注我的眼睛里面。

突然老总找我谈话,让我带她尽快适应公司事务。我看了看她的简历,她得过主持人奖,得过诗歌创作比赛三等奖。我看完后轻轻一笑,她还是一个多才多艺的才女呢。

我看了她一眼,她并不漂亮,但单纯可爱,从她说话的样子可以感受到她的热情和执着。我想,和这样的人一起工作应该会很愉快吧!

二

随后的工作中,她成了我的跟班。我想,有个人为我分担工作也好,许多时候我只需动一下嘴就行了。

但是,她接待客户时不知道该如何应答;有文件要她写,她还在用拼音输入法打字。

她跟在我身后不停地问我问题,有的问题让我觉得好笑,我也只得一一作答。接待客户时,我回答客户的疑问,她在一边细心地听着,还在一旁帮我拿这拿那,帮我记着一些内容,像我的第三只手一般。这让我感觉到很欣慰。

以前,我一个人当作两个人用,我独自完成了很多任务。起草一些文件或策划案,处理一些棘手的客户的投诉,这些都是我的事。每当事情完成后,我总会觉得身心疲惫。

有了她,我感到轻松了许多。我在她面前滔滔不绝地讲如何将简单的口语演绎成经典的语言艺术,如何处理各种事务，还在其间插讲了一些笑话，令她笑逐颜开。

在我的笑谈中，工作也毫不费力地完成了。她惊叹："你的口才真好，什么事情你都能轻松地解决。"

下班时间到了，我整理好物品准备下班时却突发奇想，拨通了她的电话，我问："你好，请问你是××公司的胡小姐吗？我有一件事情想咨询一下你可以吗……"我假装成一个挑剔的客户给她制造了无数难题。

她一边赔笑一边说："这样吧，等明天我上班了，我让赵经理给你打电话行吗？他可以给你解答这些问题。"我在这边拼命地忍住笑，感到自己这一天绷紧的神经全部放松了。

我说："我不想听你们经理的解释，我只想让你为我解答疑问。"我一边说一边走出办公室，走向车站。

"可是我刚刚到公司，有些事情了解得还不够清楚，我还是建议你听听赵经理的解答。"

这时我已经走到了她的身边，与她四目相对时，她已经心领神会，我们都不约而同地笑了。

我们没有上车，而是往前走，边走边聊。我看到路边有一家药店，于是进去买了一盒感冒药，交给她，说："上班时我发现你感冒了，回去把药吃了，明天才能好好工作。"

她感激地冲我笑笑。

"天黑了，你该回家了，晚上早点休息。"我说。

"谢谢你，赵经理！你也赶紧回去吧，都忙了一天了。"

她微笑着说道。

我们回到了车站,挥手告别。

三

一天,她问我:"我在电脑里看到你写的文章了,有好几篇呢。真的很不错,我很喜欢。"

我笑了笑:"报纸上、公司的书里都有我的文章,你可以看看。不过现在是上班时间,不能看,中午午休时再看。"她带着一脸的崇拜点点头。

有时,在工作的间隙,我会讲笑话给她听,将她逗得哈哈大笑,淑女的形象全无。我也感到十分轻松愉快。

她给我讲她的故事,说她以前学的不是这个专业,也没有相关的工作经验,幸亏遇到了我这位良师益友。她认真地对我说:"我会好好学习的,请你对我严格要求,并监督我尽快成长起来。"

一天下午,我们出去办事。经过一个天桥,上台阶时,她没走稳,突然身子一歪,向地上摔去,我立即伸手扶了她一下,这才避免了一个小事故的发生。她站稳后依然紧张不止,于是我抓住她的手往前走。我说:"小朋友,别怕。叔叔拉着你走,你不会有事的。你知道吗?中国人是低着头走路的,因为中国人是走上坡路的。我们要低头看清脚下。"那一刻，她紧紧地抓住我的手不放。

事情办完了，天已经黑了，我们走在路灯下。我轻拥着她的肩膀说："能帮我一个忙吗？我家里对我的个人问题催得太紧，忙着给我介绍相亲对象，让我连家也不敢回了。"她笑笑："谁叫你要求太高了。"我急了："没有没有。我在工作中是一个完美主义者，但在爱情上，我只是想找一个情投意合的人相伴一生。"她沉默不语。

回到家后，我给她发了一条信息："我希望每天都能和你牵着手走。"

她回复我："我很高兴能与你这样一位优秀青年做好朋友。因为以前我拒绝过喜欢我的人，让别人很难堪，自己也觉得很愧疚。所以不想再发生类似的事情而失去你这个朋友。"

"有一件事我一直想找个适当的时间告诉你，现在我心里还装着另外一个人，但我感觉不到他是爱我的。他会几天都不和我联系，我累了、伤心了，他也不知道安慰我，我们走在一起时，他也不会主动牵我的手。我真的看不到希望，可又不想轻易放弃。"

四

那天，她来我家玩，看到我的衬衣放着没洗，便拿起来去洗。我没有提起她的短信，只在一旁逗着她，却不小心把水弄到她的裤子上，又把她的头发打湿了。她无法应对，一边生气一边用力地搓洗衣服。

洗完衣服，我教她用我的电脑练习五笔字型输入法，这时她讲起了自己的故事。以前曾经有个人喜欢她，但是她的父母认为这个人的条件不好，不同意，所以她只得作罢。还有一个男人，待她很好，给她无限关怀，又跟她是相同专业，他俩在一起时经常谈论专业知识。可是最后她发现这个人已经结婚了，让她十分受伤。

因为公司有新的楼盘要出售，她将要被调到分公司，必须加紧练习打字，所以她经常找我练习打字。我坐在旁边，帮她分解各种字的打法。她对我十分信任，自言自语道："到了这里，遇到了你，真是幸运。"我问："那你对我没有更多的想法吗？"她说："我很喜欢你这个良师益友。"我在一边默默不语。

调走之前她发短信给我："面对你的情义，我真的有点措手不及。我不想盲目地跟人交往，我们都还不是十分了解对方，还是放慢脚步，先做个好朋友吧。有些事情是需要一定的时间的。希望你能够理解我。"

我对她说："其实你还是放不下心里面的那个人，对不对？"她回复了一条短信："是啊，这也是需要时间来淡忘的。我以后没有机会去你那里打字了，见面也不容易了。不过这样也好，你也可以冷静一下，想想我是否是你真正想要的那个人。还有，我不想你因为我而难过。"

我突然感到有些惭愧。我回短信给她："我觉得我应该跟你道歉，我乱开玩笑，大大咧咧地乱动手脚戏弄你，我为此深深地自责，以后我会改正，像个谦谦君子一样，对你礼貌恭敬，不乱说话。"

她很开心地回答了："很高兴你这样说，我也愿意和你做朋友。"

有一天，她来我这边办事，完事后找到我，让我帮助她设定手机的墙纸。我无意中按到了她发给女朋友的短信："我那天去我朋友那里了，他买了最好的菜给我吃，让我很感动，还从江对面送我回家，我们玩到很晚，坐最后一班车回去的。我感到很幸福。"

我的心中一阵失落。我跟她从头到尾只是我一人的独角戏，她始终都没有入戏。我是他的备胎、替补，还是暂时用来排遣孤独寂寞的？我不愿再这样傻下去，于是给她发了短信："我们以后还是不要来往了吧。"

而她，没有再回复我。

我们的生活很现实

我自认为自己的手有点儿笨拙,除了写诗、画画、弹钢琴、写毛笔字,似乎什么也干不了。

记得小时候,长辈对我说:"长大了,要学会一门手艺,有手艺才饿不着,也能凭着它闯一番事业。"

可我从来都不以为然。长大后,我一直从事销售工作,就是靠一张嘴吃饭,我也没有饿着过呀。现在我在一家房地产公司做销售工作,每天主要用嘴巴来工作,工资还算丰厚。

遇到她的时候,我知道她不会做饭。她问我:"要是我不会做饭,你还会对我这么好吗?还会照顾我、陪着我吗?"

我笑着说:"这样更好呀,没有油烟的熏烤,可以永远保持姣好的容颜呀,不会变成黄脸婆。"

她又担心地问:"那我们吃什么呢?难道天天到外面吃吗?"

我说:"这样不好吗?可以去不同的饭店、餐厅,品尝不同的美食,为餐饮业做贡献。"

在江边散步的时候,我轻轻地在她耳边说:"我一定要把你养成一只白白胖胖的小猪。"她立刻用力地捶打我的胸,大喊:"我要做苗条美女!"

和她在一起,我仿佛有无限活力。在假日里,我陪她逛一条又一条街。带她到处寻找好吃的东西,每天都吃不同的美味。自助餐、火锅、香辣虾……日日如此,变着花样吃,看着她吃得津津有味的样子,我也很开心。

可渐渐地,我发现她状态不太对了,她吃了生冷海鲜就上吐下泻,吃了太油腻的食物就会恶心呕吐。

后来,她对吃饭没了兴致,每次只吃一点点,过会儿又说肚子好饿,人也变得郁郁寡欢。很多个夜晚,她打电话说胃疼,我赶紧给她送去胃药。

终于有一天,我发现她瘦了好多。我心疼极了,看来是她的饮食出了问题,伤了胃。

我决定要自己做饭给她吃,这样才能保证饮食清淡、有营养。

第二天,我请她到我家里,亲自给她炒了几个菜。可我从来没有做过,只看过别人炒菜,所以我只能凭着感觉做,做好了之后，我心里十分不安，等着她品尝。

她夹了一口菜放进嘴里，没有说话，然后又试另一盘菜，最后把每道菜都尝了一遍，最后她冲我一笑："你看看，这条鱼盐放少了，油放多了，肉里没有味，鱼皮都焦了，而且有的地方还没熟。这个菜酱油少了，醋多了，太酸。你叫我怎么吃？"

我的心里一下子变得冰冷，我连饭也做不了，还谈什么照顾她，给她幸福呢？但是我暗下决心，一定要学会做饭。

她很牵强地吃完了那顿饭，我心里难受极了，一口也吃不进去。

我赶紧去超市买来一套炊具，决定学习做菜。我从切菜开始练习。每天一下班，就冲进厨房，拿起刀练习切菜，切各种蔬菜，还有肉类。

第一天我就把食指给切了个大口子，我贴上了创可贴。

我像着了魔一般继续练习，切完了菜，把它们放在锅里，不断翻炒，最后出锅上盘，可是味道总是不好。我又一次做了菜给她吃，她看了样子，还夸我的菜切得很均匀，厚薄都一样。可是进口后她只低头吞了进去。我自己吃了，才知道味道是多么不好。

没有办法，我去了一家饭店，到厨房里给他们帮忙，跟他们学习做菜。他们给我讲解做菜的先后次序，如何掌握做菜的火候，怎样翻菜，如何掌握油盐等调料的添加量，等等。

他们还给我做示范,并让我亲自去做,还建议我买几本菜谱,回去多练,多做几遍就会做好了。

学习做菜占据了我的很多时间,她开始埋怨我陪她的时间少了。我约会的时候脑袋里也在想着如何把菜做好。有时都有些心不在焉。我们还是在外面吃饭,她清瘦无力,一阵风就可以吹走似的,也没有以前那样精神了。

一回到家,我就翻菜谱,先是照着做,然后分析菜的做法和步骤,分析做菜的注意事项和特点,还把各种菜进行比较,并像背书一样地背诵菜谱。

渐渐地,我发现我懂得了适当地放油盐,懂得了哪些菜要用文火,哪些要用大火,学会了各种汤的做法,还有清蒸、炸、红烧、煮等各种做法。上班时我脑袋里面也在不断揣摩,有时竟和客户说起了做菜,让同事们目瞪口呆。我想我已经着了魔。

终于有一天,我发现已经有一个星期没有见到她了,我兴致勃勃地打了她的电话,说要送她一份礼物。挂了电话后,我赶紧下厨。我第一次感受到做菜原来是需要技巧的,它是一个创造艺术品的过程。

我认真地对待每一道菜,觉得做完了一道菜就像制造出一件艺术品,况且是做给心爱的人吃的,尽管满身油烟味、满手油腻,但是我无所谓,我心甘情愿。

我使出了全身解数,把学会的经典菜全做出来了,摆了满满的一桌子。为增加浪漫的气氛，还摆上了一瓶红酒。

她认真地品尝了每一道菜，脸上终于露出了满意的笑容，她大声夸奖我："你做的菜真的太棒了！你称得上是一位出色的厨师了。"

这时，她看到了厨房柜子上的一大堆菜谱，又见到我的手满是刀伤和烫伤，将头靠在我肩头啜泣道："你真的好傻，你知道吗？"我把她揽入怀中，轻轻地在她的耳边说："我说过要照顾你一辈子，我会一直做饭给你吃，我只做你一个人的厨师。"

她突然挣脱了我的怀抱，向前走了几步，背对着我说："我知道你一直对我很好，谢谢你，可我不能接受你。我不是一个势利的女孩，可是我的生活里不是只有炒菜，我父母都病了，需要用很多钱，有个人为我支付了这笔对我来说数额庞大的医药费，我只能嫁给他。我们的生活是很现实的。"

我呆呆地站在原地，心如死灰。

我暗恋你，不需要你同意

一

皓月悬空，那月皎洁、透亮，像一张刚敷过面膜的脸，让人禁不住想伸手去摸一下。一户人家，小屋里有微弱的光，照着屋外的柳。风有一点冷，抚弄春柳，撩人无限情思。

上天果有好生之德，布施恩泽，赐人间良辰美景。我在小屋内，抬着头看天，心想只有这样的夜才能撩动我的情思。我的手伸向天空，想摘下月亮来细细赏玩。

夜色愈加迷人，群星璀璨，极尽点缀之能事。我无心观赏那美色，低着头思考，却在走廊外的一池水中又见到了那月那星。

我还是坐定了下来。我终于控制不住，扭头看向坐在我旁边的游国色，问："等会儿我们去网吧上网读文章，行吗？"问完后，我咬紧嘴唇，生怕被她的拒绝烫伤了舌头。游国色只是浅笑，笑得如那夜色一般美，笑靥如花。

"什么时候回来呢？"笑完后，她柔声地问。

"明……明天……"我小心翼翼地回答，害怕答错了一个字，又会增加罪责。不觉间我的脸热得可以烘手了，便伸手到脸上，暖了一下手心手背。

"有别人吗？"她又笑着问。

"没，没有。要不，我再叫一个女孩去？"

"不，我不是那个意思。"她低下头笑。

我飞奔下楼，奔向外面的网吧去订座位。院门口有一条国道，车辆密集。车子们似乎都包藏祸心，都想对我暴力索吻，把我吸引到车子的怀里。我左闪右避，过了公路，买了两张卡片，又飞奔回去，也无暇顾那月色。

我在游国色的耳边拍打着两片嘴唇，说了句在篮球场门口见面、穿几件厚衣服之类的话，不知她的笑靥里装下我的话没有。钱钟书说过，好像一切老生常谈无人挂在心头。我便担心游国色把它们挂在树枝上了。说完，我打开窗户，风吹向我的胸膛，又吹向我的嘴唇。窗外柳枝舞动，给墙壁增添了无限精彩，若是白天，那些翠绿欲滴的柳芽会更加动人。

等芽儿长大了，我要插一枝在游国色的头发上，还要疏松柳皮，铸造柳剑，成就美女配英雄的佳话……我是真的陶醉了。

二

月愈高了。我拿了一个塑料袋和一个笔记本来到了篮球场门口。我觉得一个人享受这景色太自私了。我移到路灯下，我的影子便站了出来，然后我们一同欣赏风景。邻边的路灯下有两个人，他们窃窃私语，缠绵悱恻。后来男的八戒般背着女的远去了，只留下一堆影子。走了之后，又有众人来来往往，仿佛一些风尘仆仆赶集的商人，背上背了人，手上提了袋床单之类的物品。我等了很久，便跑到宿舍楼下，没人；又跑到篮球场，还没人，重复了好几回。游国色绝不会在半路从地底下钻出来的，不如在楼下等。

楼下有一台电话，二楼宿舍也有。我拨通了电话，里边一位女声说："对不起，您拨打的电话忙，重拨请按1，挂机请按其他键。"我便按1，然后又按，再按，接着按，按了一次又一次，那女声态度良好，不烦不恼，重复着那一个声音，像一只报晓的鸡儿，至死不渝地叫，直到它要等的事情来到。

我挂掉电话，拨通了游国色室友的手机。里面说："对不起，你无权拨打这个电话。"

我急得不经意间拔下一大把头发，这时，我见游国色下楼了。我扔掉电话，立正，行注目礼。她轻盈如飞，到了朦胧月下，让人想到了一句话："马上看壮士，月下观美人。"不知是不是天庭南大门失守了，让她偷偷下凡来了。

"我好想睡觉。"游国色在路灯下说。

我没有说话。她又说："会不会睡着，一晚上都坐在那里读文章。"我傻笑。

路边多是成双成对的人，走走停停。我自言自语地说："今晚情侣真多，比天上的星星还多。"

"喂！"她喊我。

"哦，对不起，我想远了……"我猛地回头。

"想什么呢？"她问。

"没想……什么……"我吞吞吐吐地说。

她呵呵地轻笑："你到底想什么呢？"

我沉默不语。

游国色静静地笑了。我这时才想起，自己急急地安排了这一晚，在她正想睡觉的时间，突然觉得有些不妥。

我俩沿着路走。我只觉得体内睡虫死掉似的，身体亢奋不已，如同斗牛场里的主角。我怕游国色站着会睡着，便叫她看天上，尽说一些废话。诸如有一颗星是你，很亮的那一颗，也有一颗星是我，就是旁边最近的，在转动的那一颗；天上最亮的星星是零等星；北斗星是七颗，它们肝胆相照，互相监督……

"我会钓鱼的。"我怕游国色听烦了,换了个话题。

"啊?我不会。有时间你教教我呀。"

"好啊!"

游国色大方地笑出来,抬腿继续前进。

"走这边。"我让她走在背风处,却又觉得自己比不上钟馗,肩膀不够宽阔、不够厚实,不能挡住八面来风。

"你站在这里,我去看查房的人走了没有。"我轻步躲在墙边,她躲在我的后边。

"没有见到一个人影。"到了院子门口时,有铁栏杆,这时栏杆被夜幕遮盖,寒冰冰的,好像人一碰便会变成冰人。

"那根根铁栏杆立正站好,正等着我们过去握手拥抱和检阅呢。"我说。

"翻栏杆,怕吗?"我转过身,我的嘴居然差点贴着她的了。

她只莞尔一笑。

我们很快到了栏杆前。我先一步雄赳赳气昂昂地越过去了。"你要不要我伸出援助之手?"我轻声地说。她没有应答,只艰难地移动着身体,而我也帮不了她。

游国色终于靠她个人的力量越过了栏杆。门口是公路,公路旁有无数商店,灯光若隐若现。我让她在路边等着,转身奔向一家超市,随便抓了几包饼干、葡萄干、锅巴和两瓶矿泉水就往回奔。

三

我和游国色在网吧坐了下来,准备看文章。

"你想看谁的文章?"我问她。

"不知道。"她礼貌地回答。

"那我随便啦。"

她说:"好,你说怎样就怎样。"

我低头时,发现她的手正放在鼠标上,我的手迟迟不敢降落,我怕手上的汗沾到那只白皙的手上。

"你的手……"我咬了半天嘴唇下了决心才说出了这几个字。

"哦。"她的手迅速收回。

"这个……这个《黑铁时代》是什么?"她问,在我的耳边。我心想,按错键了。

"是……是小说,你要不要看?"我也不知道这部小说是否适合她看。

"就这个吧。"

"嗯,遵命。"

我坐在自己的座位上,目光却集中不到前面去,游国色身上的清香如丝如缕地进入了我的鼻子。我顿时觉得脸上发热，仿佛一团电炉丝通电了，很快便热得通红。

"喂！想什么呢？"她问。

"我不姓喂。我没想什么。"我答道。

"你没想什么还发呆啊？你看你那眼球。"她说。

"哦，我不是在想你，是想别的女孩，不，不，我是指想到了我妈。我口不择言。别担心，我的眼球上又不住人，停转一下不会发生问题的。"我说。

"这小说真幽默。"我这时才发现她一直在笑，她恨不得把主人公拉出来抱着笑三天三夜，竟前倾后仰起来。我心想，你把我当成主人公也行的。

我突然想到了正事，便开始找文章。我应该惜时了，我的眼却只盯着她的手，恨不得贴近那手，去感受一下温暖。那双手确实好看。"喂，我看完了。"游国色高兴地说。她的声音很美，灵气横溢，一如她的人。

"好，看这篇王小波的《沉默的大多数》吧！"我说。"你的手放轻松一点，用眼睛看，不是用手看。这样下移一下便可翻页。"我不停地说。

她却说了一句："换一篇吧。"

"嗯。"我换成了《白银时代》。

她读文章，我读她。

"他写得好幽默。"她掩了半边唇。

"对，他的风格是黑色幽默。"

她不再说话，盯着书读去了。我在一边自言自语："真不够意思，只读书，不管我，不瞧我一眼。说不定将来一不小心我就成了新一代的文学大师……"

"说什么呢？一个人享受。"她仍盯着文章。

"没……不敢。"

"呵呵。"她只是嫣然一笑。如春风吹向我。

我找到了鲁迅、钱钟书、梁实秋等作家的著作。

"啊！好多作家的作品啊！我要看。"她看到了我面前的内容。

"好。"我高兴地站起身来，来到她的椅子后面，然后对她的手说，"你走开。"

很快，我为她找到了那些大家之作。

"文章太多了……"我皱眉。

"那你给我讲一讲。"

"不，不要，这可不行，虽然比不上婚姻大事，再怎么说也算得上是一个读书大事。"我先前是请她读书的，现在却变成让她听书。

"你讲吧！"她笑着说。

"好，你准备听吧。"我说完便准备演讲了。我揉了一下眼睛，喝了一口水才开口……

"这位美丽的听众，我的演讲结束，请给一点掌声。"

"好精彩，听的比看的更有滋味，你评论起来入木三分，好极了。"游国色一直盯着我,手比比画画。我心想,她一直这么凝眸注视,我却坐怀不乱,果然修炼到家了。

四

"还有更精彩的呢!我找一些文字给你读。"我边说边喝着水补充水分。

"我找白话文,你来阅读。"

"好。"她盯着前面,不再盯我了。我很快找到一个主页,迅速进入正文。找到后,我回到座位上,用力坐下去,只听到椅骨乱叫。

"你别把椅子移那么近嘛。"她突然说。

"喂,你也别移太远了。"她又狡黠地笑了。我又向她移近了一点。

"看,有一段话。"我指给她看。

"好浪漫、好幽默、好感人的词,有张力和生命力,唱起来一定美极了。"游国色陶醉其中了。

"好愁,情绝,醉肠断尽,眺前路茫茫无垠。恨当初,免伤迟迟之人。冷眼看透,金秋既逝,叶子落得满地,颠风起,乱沙舞,谁晓人心?"我胡乱编了几句话。

"愁,没错。你用诗词来鉴赏,相当不错。"她托起了脑袋,陷入了沉思。

我说：“时间久了，男女都不再有激情燃烧了。”

她长叹一声："唉——"

我问：“什么样的男孩才能使你面红耳赤、心跳加快呢？”

她说：“这就难说了。”

我问：“你喜欢英俊潇洒的？”

"不，金玉其外，败絮其中。"她摇头道。

我又问："你喜欢腰缠万贯的？"

她又摇头："不，腹内草莽。"

"那是怎样的？"

她说："只要心灵美。"

我又问："不会是一文不名的吧？"

她说："不清楚，有时是凭感觉的。"

我问："还有补充吗？"

"要真诚、善良。"她说。

"你说得对。"

游国色有些困倦了。我见了便轻声说："你小睡一会儿吧！免得明天会戴个眼镜变熊猫。"她听后趴着睡下了。

五

"不要正面趴在手臂上，会压扁鼻子的。"我对她说。

游国色便侧面朝向我。见她的身体哆嗦了一下，我立即脱下外套放在她背上，然后压紧，把衣服的边角压在她与椅子的间隙中。突然她向后一弓腰，正好压在我的右手关节处，我不敢抽出，倘若一用力，就会拨开她外套的下摆，而且会惊扰她的美梦。我只得弓着腰，环绕于她，脸贴在她的外套和我的外套上。坐定后，我祈祷：希望她永远不要醒来，太阳永远不要升起，天永远不要亮。

我的脑海中突然出现了这一幕……

"我先翻过去，然后我抱你过来。"我说。

"不用，我有手有脚。"游国色说。接着很快地过去了。

"喂，把外套穿上。"在大道上时，我脱下外套命令她。

"不，你也是人，你也会冷的。"她温柔地说道。

"别担心，我冻不死的，我属猫，一两条命不算什么。"我说。

"一大清早，不要胡说。"她恨不得堵住我的嘴。

"快穿上，烦不烦呀你，免得生病了。"我霸道地把外套按在她身上，差点抱住了她。

她在前面抓住了那件外套，说："谢谢！"

"你的忘性怎么这么好。我跟你说过多少遍了，不准你对我说谢谢。"我喊道。

"喂！"游国色的声音吓了我一跳。

"你醒了。这么早就醒了？"我埋怨时间过得太快了。

"走吧！我刚才在梦中回忆了刚才读的文章，陶醉极了。"

她站了起来,窗外已变白了,太阳光也照射进来了。

"哦,好。"我答道,然后迅速关掉了电脑的页面。临走时我也没告诉游国色那个页面上文章的作者就是我。

她是绝色校花,我疯狂地暗恋她,不需要她同意。

虽然,后来学校里最帅的男生牵起了她的手,花前月下,羡煞众人。

暗恋成伤，我依旧相信爱情

一

星期六晚上，我和几个朋友在一家小饭馆里为一个女孩过生日。我们一共是四个男孩、三个女孩，在一起喝酒吃菜，感到无比惬意。古月月像是主持人，一会儿命令大家向过生日的女孩说祝福语，一会儿吩咐那个女孩向大家表示感谢。我听不见他们在说什么、在闹什么，将怀里揣着的小酒盅拿出来放在桌上，再往里面倒酒，然后一饮而尽。再倒，再喝……

"请你帮我喝了这杯酒。"突然一只酒杯出现在我的眼前。

我抬头一看,身旁有一个女孩子,正端着一杯酒看着我。我揉了揉眼睛,才认清了这个女孩,是梅有路。她微笑着,又很有礼貌地说了一句:"请帮忙喝完。"说完依旧目不转睛地看着我。

我接过那一大杯啤酒,一饮而尽。梅有路坐在了我的旁边,却一不小心撞倒了我面前的半瓶白酒,我迅速伸手去接酒瓶,但为时已晚,酒瓶坠落到地板上,顿时摔碎成渣,美酒横流,我忍不住想要发怒,但看看周围愉快的氛围,便强压住怒火,没有发作。

我低下头,用手拨弄了一下头发,转身从后面箱子里拎出了一瓶啤酒,打开,倒进杯子,吃了口菜,将酒一饮而尽,再倒,再吃菜,再喝,如此四次,一瓶啤酒就喝完了。我又准备去拿一瓶,这时古月月站起来,大喊:"老酒鬼,停下你的手,别猛灌了,跟我们一起玩个游戏吧!"

"请表示一下对你面前之物的感情。"

我便抓起面前的啤酒瓶搂抱了一下,算是敷衍了事。

"好,下一个继续。"古月月接着组织游戏。

我又抓起一瓶啤酒一口气干掉。这时我的头脑还很清晰,只是眼前有些模糊。

"下一个,酒鬼,又轮到你了,请继续重复你刚才的感情,不过对象换成你身边的梅有路。"古月月又喊道。我这才明白,我们在玩一个网络上的小游戏。他们这是有意在捉弄我。我没有办法,其他人都盯着我和梅有路呢,我轻轻地提了一下梅有路的外套,算是抱过了。

他们继续玩着游戏,我则不停地喝酒。一会儿,我脚下已经有五个空瓶了,桌上还有一瓶。这时,其他人准备散席了,我也得与美酒告别了。

回去的路上,我摇摇晃晃,像在练太极拳。我半眯着眼见梅有路正在我前面走。

"赵大侠,到宿舍了,赶紧躺下休息吧。"不知什么时候回到了宿舍,我便听话躺了下来。

"老酒鬼,你刚才盯着梅有路看了半天,看什么啊?"古月月问。

"欣赏呗!"

冷风从窗户吹进来,我有了几分清醒。我回忆梅有路让我喝酒的情形。其实我当时又愤怒又觉得好笑。这女孩好大胆,居然就那么理直气壮地让我代她喝酒。她是一个怎样的女孩?以前没有特别注意她。我回想起她的容貌,尖尖的脸,眉毛又长又浓;眼睛深邃,似乎是无底洞,望不到尽头;鼻子小巧但很高挺;最迷人的是那张嘴,很有立体感,很吸引人。

"老赵,睡着了没?"古月月轻声地问。

"我睡着了。"

我边回答边用力呼吸了一下,装作在打鼾。这个叫梅有路的女孩在我的记忆里是一个扎两根辫子、穿白色连衣裙的女孩。我知道她的异性交往史，有三个男孩追求过她。第一个被我们称作"黄毛"，"黄毛"跟她结拜成兄妹，时常约她一起逛街、吃饭。第二个是"眼镜男"，他对梅有路发起强烈的攻势，但梅有路对他似乎并不热情。第三个被我们称为"痴男"，他对梅有路情有独钟，曾在宿舍里读过写梅有路的日记："我见过许多的女孩，却对她们都没有什么感觉，就梅有路合我的口味。"但梅有路对他也是漠然。

二

晚上下起了大雨，一直到早上才停。

我的头稍微有些昏沉，但还能去上课。我坐在第一排，梅有路也坐第一排，与我隔三个桌子。白天的她不大爱笑，始终是一脸平静。她不时抬头看前面的黑板，然后又低下头写字。

"接下来大家自习吧，自己查缺补漏。"

我听见这句话，便立即找笔找纸，给梅有路写下了这样的话："晚上咱俩一起吃饭、聊天！是我。"

然后我把纸条搓成一小团，扔给梅有路。纸条正好扔到了她的书上，她抬头环顾了四周，没有发现是谁扔的，就低下头看纸条。看完了，她将纸条折好，夹进书里，又继续写字。从始至终，她的表情都没有太大的变化。

我一直用余光关注着梅有路的动静，像是等待着宣判结果一样，却没有了下文。我收回了视线，扭动了几下脖子，又弯了弯腰，压了压腿，便低下头写字，但脑海里始终在想着梅有路。

时间慢慢流逝，梅有路依旧在座位上看书写字。

不知什么时候，大家都走出教室下楼去了——到了吃饭的时间了。我依然坐着发呆，不知道该做什么，我的心似乎已经不在自己身上了，整具肉体空荡荡的、轻飘飘的。

我坐得累了，就回到宿舍，躺在床上，闭上眼睛。古月月这时跑过来跟我说："今天我跟同桌小丽表白，想跟她交往，但她说现在还不考虑这些问题，只想跟我做个好朋友。"

我睁开眼说："做朋友好啊！如果有个朋友来珍惜也是件幸福的事，而我连这个机会都没有。"

月亮不见了，眼前一片漆黑。我支走了古月月，一个人在床上翻来覆去，像一条在水泥地上来回翻转打挺的鲤鱼。

我用手在床上乱摸，突然摸到了一本书，我便点上一根蜡烛，进行烛光下的阅读，可没翻几页便把书扔到一旁。唉！怎么办？睡不着。我想自己大概无可救药了。不知过了多久，我似乎迷迷糊糊地做了一个梦。

我梦见自己躺在马路上，一群人围着我，其中有许多认识我的人。我的嘴微张着，呼吸困难。没有人打急救电话，也没有人伸出手拉我起来。我便哭起来了，边哭边困难地呼吸,我拼命地用手撑起上身,却又体力不支,手松开,头部撞向了水泥地面……

早上一醒来,我迅速地洗漱完毕,然后跑出宿舍,奔到了教室。我跑到梅有路的座位上,到处翻,没发现自己写的那张字条。我又跑到垃圾桶边,把垃圾全倒在地上,还是没有找到。我想了一会儿,就又写了一张字条:"我要你做我的女朋友!"然后将字条平放在梅有路的桌子上。

三

我坐在教室的窗户边,用手托着头,歪着脑袋看外边的风景。外边有人在聊天,突然我听见有人问:"你会不会《爱莲说》?我们要默写里面的句子。"我见到被问的人都摇头。我迅速地拿起笔,写下了《爱莲说》,抓着纸条,跑到走廊里,我犹豫了一下,她们是隔壁班的,又没问我,这样冒失地给她们,她会不会认为我居心不良。算了,想这么多干什么,想给就给。我走到提问的女孩前面,支吾地说:"这……刚听说你们要用这个……你看用得上吗?"

"大概是,不知道,我也不清楚,我再去问一下其他人,这个我留着。"那个女孩一惊,语无伦次地答应了。

"假如漏掉了一些字句,我再补上和改正。"我又补充了一句。

"好，好。"那女孩边说边转身进教室了，我一个人站了一会儿，便跑回自己的座位上。

"刚才那个人你知道是谁吗？"古月月不知道从哪儿冒出来了。

"哪个人？"我立刻反问道。

"就是刚才你跟说话的那个。"

"谁？"

"她是我的篮球教练，我在跟她学习打篮球。"

古月月告诉我她叫李银烟。她身体矫健，富有生气，不像名字给人的感觉那样弱不禁风。

我回想了一下她的长相，脸白里透红，头发不是很长，但很黑，柔软飘逸。全身散发出一股淡淡的清香。

我拿起笔画起她来，没想到居然画出了神韵。

这时，梅有路突然出现在我的面前，将一张小纸条放在我的桌子上。我打开看到里面写道："你是一个不错的男孩，比较有内涵，文笔又好。现在你更重要的是要有一个明确的奋斗目标，并为之付诸行动，相信你会成功的！"

四

我写了一封信，是给李银烟的："银烟兄：不知道我在你眼中如何。我觉得你很特别，很想了解你，跟你交个朋友，行吗？不知道你会不会发怒。请原谅我的冒昧。望赐回信！"

我拜托同桌："请你帮我它交给李银烟。放心，不是什么机密，只是向她请教一下学习上的难题。"同桌揣着我的信到隔壁班去了，过了一会儿就回来了。我很紧张，想知道她看到信是什么样的反应。

同桌说让我先给他讲题，再告诉我。可我竟然一个题目讲了几遍都讲不清楚，还把数字念错了。我不停地向同桌道歉，说今天状态不好，改日再讲。

"她给你的信。"同桌说着从口袋里掏出一张折叠的纸。

我急忙接过来，打开，看到上面写道："我这个人朋友也不多，跟你也算是同学，与你交个朋友也没啥问题。顺便问一下，我有什么地方与别人不同？"

我一下子兴奋起来，马上写回信："感谢你同意和我做朋友。我觉得你独立、自信、活泼。"

从此，我和李银烟经常书信往来，交流学习上的难题和生活中的处事态度等。

李银烟每晚熄灯后还会看书看到很晚，她都点蜡烛看。我送了她一个充电灯，并在信中说："点蜡烛看书伤眼睛，这个灯白天充足了电，晚上用着方便。我送你一片光明，送你身体健康、心情愉悦，希望你的读书效率也会大增。"

五

骄阳似火,我在教室里正在为李银烟写解题过程。

"你,你出来。"忽然听到一个熟悉的声音,我抬头一看,是梅有路。我立即起身走了出来。

我跟着她到了走廊。

"我们是不是朋友?"梅有路问我。

"是,当然是。"

"既然是朋友,那就要相互关心、相互照顾、相互帮助……今晚九点,我们一起打篮球,篮球场不见不散!"说完,她没等我回答就走了。

到了晚上,我换了身衣服,又洗了把脸,然后来到了篮球场。等了一会儿,梅有路出现了。我们一起练习运球、投篮等,互相提醒、互相监督,一起进步。

我和古月月都爱上了打篮球。我们也会在烈日下打篮球,最后都大汗淋漓的,汗水浸湿了篮球。一天我们去打球时碰见了李银烟。

我见她运球,转身、过人的动作好像都发挥得不好。今天她这是怎么了,远投不进,上篮也不进,带球都不稳。我想是不是我在这里影响到她了,我便离开了。

晚上我写信问她:"你今天打球心不在焉,是不是因为我在旁边影响你了?"

"我们只是朋友,你想到哪里去了……"她的回信让我不禁自嘲地笑了。

六

星期六的晚上,大家都在教室里自习。我在走廊里透气。

我看到李银烟在座位上看书写字,像是闭门修炼的道姑一样。月光似乎都不照向我,让我有一种被遗弃的感觉。低头见楼下有人在路灯下打羽毛球,我便下了楼。

突然一颗球砸向我,我侧身躲过了袭击。我见打球的人几乎没有我认识的,就向前走到草坪处,躺到草坪上了。

"你会不会打球啊?"突然,有一个熟悉的声音问我,是梅有路。

"会。"

我起身拿了球拍在空中挥舞了两下,接着说:"你尽管放马过来,我奉陪到底。"

"好,看球。"

梅有路居然是个打球好手,别看她平时弱不禁风的样子,打起球来可是丝毫不输给我,而且动作优美,哪像是在打球,简直是在跳舞。

月光下，她的脸晶莹洁白。我努力地将目光从她身上移开，专心打球。

"休息一下吧！不能打太久，会虚脱的。"她说。

"我们去逛一下吧，怎么样？"我提议。

梅有路笑了下说："好吧。"

我们走在一起，她几乎和我齐肩了。微风吹拂着她的衣服，衣上的细带不停地在风中飘舞，让她显得很有风韵。

不知不觉间我们已经走到了一个湖边。这个湖叫中国湖，因为湖的形状像中国版图而得名。我和她坐在"中国边境"上，我突然想跟她一起走到天涯海角，永不分离……

梅有路望着湖里的灯影，拣起小石头扔向湖中，湖水不时地发出阵阵声响。石头落在湖里就像落在了我的心里，每响一声，我的心就颤抖一下。

突然梅有路大叫："快点回去吧，宿舍要关门了。"我便跟着她往回走。一边走我一边说："我要你做……"

还没有说完，梅有路就打断了我："你说你个子这么矮，皮肤又不好，脾气也不好，你还是一心读书吧。"我一下子定住了，不知道该怎么回答，这句话像一根针一样扎在我的哑穴上。

"还有，你不是有银烟吗？"梅有路丢下这句话便飞快地往前奔。我忽然惊醒了，赶上前去陪着梅有路快步走。"其实不是这样的，银烟只是和我合得来的好朋友。"我又说，"你不相信跟我到宿舍看我们写的那些信去。"梅有路一直快步走着，一会儿我们便到了宿舍。我飞快地走在前面，从一堆书中翻出了一沓信。梅有路看了信后便回到了她自己的宿舍。我一个人在月光下，又有被抛弃的感觉。

七

外边下雨了，雨滴一点连一点，渐渐地便连成线了。我突然看到李银烟出现在走廊里，我立即冲上前去，可是李银烟不再看我了，看到我就像没看见。我就像一张贴在空气中的画，立在风中。

我马上写了一封信："李银烟，我们是好朋友，有什么困难要互相帮助，有什么误会应该说出来，及时解除，我们应该好好地聊聊，而不是形同陌路，对吗？"

我写完了又谴信使送信。我便盼着回信，一直等……

天黑了，没有任何音信。第二天，我依旧没有收到回信。我一直在发呆，突然有一封信飞过我的头顶，我顿时复活了，伸手抓住，撕开信封，见上面写着："我知道你对我好，我非常感谢你，但现在我有男朋友了，他不太愿意我跟异性的交往过于频繁，所以我们以后还是适当地保持点距离吧。抱歉。"

八

火红的太阳发出耀眼的光芒。我在走廊里一边晒太阳一边想着该做些什么,但我的脑子几乎是空荡荡的,身子也是轻飘飘的,仿佛骨头被人抽去了一样。我趴在护栏上,没有一个人理我,我又觉得自己成了弃婴。

我漫不经心地下楼,向篮球场走去,看到李银烟在拍篮球,旁边有一个宽脸的男孩陪着她,我笑了笑便往回走。就在楼梯间,我居然又遇到了梅有路。我笑了:"是你啊。"她不答话,转身上楼。我大叫:"捉迷藏啊,这我拿手。"我便往上追,很快便赶上了她。她放声大笑,我亦跟着傻笑。

暗恋成伤,我依旧相信爱情。

那一场傻傻的痴恋

一

我来到了江西信江边的一个小城,在小城中的一条主街上的服装店做促销员。这家店坐落在全城最繁华的步行商业街上,视野十分开阔,站在店门口,街上的风景一览无余。

一天早上,店里没有顾客,我闲来无事,就走到了门口,看街上来来往往的人。突然,一个年轻的女人走入了我的视野。她戴着一副眼镜,眼睛深邃而有神韵,仿佛可以将人带入一个深不见底的空间里,让人有一种恍惚迷离的感觉。那双眼闪动了一下,又仿佛是天上的启明星,一下子照亮了人的心房。她长发披肩，微风吹动，发丝飘扬，尽显妩媚风姿。这个女子既有清新气质，又具灵动之美，特别引人注目。

一天下午，我又见到了她。这时她身边多了几个小孩子。她跟这几个小孩嬉笑，又引导他们过马路。她边跑边微笑，很动人，这时的她像是一个小精灵，清新动感。我心里想，那不会是她的小孩吧？那些小孩看来相差几个月大小，应该不是一家人。后来店里有顾客，我就去忙了，无暇去想这些。

我休息那天，我一个人也没什么事，就到上班的这条商业街上闲逛。我不紧不慢地走着，不时地东张西望。走到一家手机维修店外，我一眼望见那个女孩的身影，原来她在这里工作，离我工作的店不远。她正在修一只手机，目不转睛，很专注。店里面还有个男人坐在椅子上看报纸。我在门口转了几圈，最后还是离开了。

二

后来，我不时地见到她从我们店门口经过。我远远地见到她，就赶紧躲进小店。估计她走远了，我再走到门口，看着她的背影越来越远。

可她吃早点在我们店右边的早餐店，买水果在我们店对面的水果店，还在我们店左边的小超市买日用品，我怎么躲得了？

我后来便不再躲了,她出现的时候我就当什么都没看见,在心里面说:"她头发不束,成何体统,岂有此理!都生过小孩了,明日黄花了,还装什么清纯、活力无极限呀?"

后来,我就不去店门口站着了。

终于有一天,我鼓起勇气在她往常经过的时间又去了店门口,可没有见到她。后来几天皆是如此。于是我在休息的时候来到了她工作的店的门口,我惊讶地发现这家店已易主了。她也不见踪影。

我的心里一阵失落。

三

我百无聊赖地站在店门口呆望,总希望她突然低头浅笑地走过来。我时常望着与她相像的人的影子发呆。

她再也不到我们隔壁吃早点了,不去对面买水果了,不去隔壁买生活用品了。

我嘲笑自己,不就是一个少妇嘛,你至于把自己弄成这样吗?我的心里感到很空虚,看到那些前来买衣服的少妇就头痛,尽量避免与她们接触。

一天,我到离店不远的通讯店打长途电话,一进门,我不禁惊呆了——那个女人竟然在这里!

我没忍住,几乎发出一声惊叫。她似乎被我吓了一跳,赶紧从我身后逃走了。

因为进门时看到她正和老板娘闲聊，所以我就凑到老板娘近前打听她的情况。我满脸堆笑："请问，你是不是认识刚才那个女的啊？"

"怎么了？想骗到长江边上去啊？"她言辞犀利，让我觉得很尴尬。

"啊，啊，不敢不敢，不是，不是的。我见她挺面熟的，以为是我小时候的朋友，女大十八变了不是？我就随便问问，要是你不清楚，我再去打听打听。"

"她是我男人的师妹。"

"噢，是这样子啊，那我冒昧地问一下她的名字和手机号可以吗？"

"你要不要问问她有没有男人，小孩多大了？"她再一次戳穿我。

"啊！不用……不用了。"我一边说一边慌张地离开了。

四

"老板娘，你家是不是换店名了？这名字起得好啊，响当当的。"我又来到了那个女人原来工作的店里，向老板娘打听消息。

"对，原来的老板不干了，由我接手了。"

"请问以前那个戴眼镜、留披肩发的女人,不在这上班了?"

"那个姑娘,她不在这里上班了。"老板娘答道。

"那她去哪儿上班了?"

"你问这个干什么?你有什么事吗?"老板娘盯着我问道。

"噢,没什么事,我只是出于好奇。那个店里的男人是她老公吗?"

"小伙子,看你对她这么好奇,我都告诉你吧。她叫叶美画。那男人不是她老公。她和他合伙开的店。开了一年多,没赚什么钱,便把店转给了我。她现在在前面那条街的亚太通讯店里卖手机。"

"噢,这样啊。真是太谢谢你了!"

我对老板娘不胜感激。我赶紧回家,找来纸笔,写了一封信给叶美画:

"叶美画,你好!你的名字真好听。我叫赵小天,在本市最大的步行街上的一个店里做促销员。我们见过很多次,我真诚地想和你交个朋友,不知你可愿意?

"我这个人为了朋友可以两肋插刀,你遇到什么困难,我一定会帮助你的,比如扛米、换煤气、搬家具之类,我一定及时赶到,全力以赴,献出我的蛮力,为你排忧解难。

"我这个人爱好很广,如写作、演讲、辩论、表演、听音乐等。希望你能考虑一下，跟我交个朋友。"

我写完，又找到了那个老板娘，拜托她把这封信转交给叶美画，老板娘居然答应了。

五

过了一天，我忐忑不安地来打探消息。

我问老板娘："信你给她了吗？"

"给了。"老板娘答道。

"那她什么反应啊？"我着急地问。

"不要急嘛！她问是不是那个高高的、白白的，一笑起来眼睛就眯成一条缝的男人。"

这时我的脑海中仿佛出现一个画面：叶美画慢慢地走向我，一直走到我的面前，她没有停下来，一直走，走进了我的心里。

"那你怎么说的？快说啊！"我问。

"我说是的，就是啊。"

"那她还说什么没有？有没有回信？有没有评论我什么话？关于我的相貌、我的职业、对我的印象之类。快点说啊！"我的声音越来越大。我逼问老板娘，像一个贪婪的审问官，想知道更多的线索，好尽快破案，让真相大白于天下。

"她笑了笑就走了，没回信。你的信在这里，你拿回去吧。"老板娘将信还给了我。

我拿着叶美画曾摸过的信，受宠若惊，手竟有些发颤。我奔回店里，又写了一封信：

"美画，你好，也许你太忙没有时间回信。你要多休息。我真的想和你交个朋友。我从别的地方来到这个小城，见到了你，也是一种缘分。我想了解你、帮助你，和你一起快乐地工作，一起面对困难。"

然而，那个老板娘后来再一次带回了坏消息："她说现在不想谈朋友。"

然后，她劝我道："你们不是一个世界的人，不适合。你不是本地人，离得那么远，她一个女孩子回家都不容易。你是大城市的人，在这小城见到的女孩，当匆匆过客算了……"

"打住！我工作不好可以改行的，可以换好一点儿的工作呀！离得远，我们都同在地球上啊，可以坐汽车坐火车坐飞机回去啊，可以打电话上网跟家人联络啊……"我一边自言自语，一边往外走去。

六

过了几日，我在一条拥堵的街上走着，忽然眼前一辆车晃过，我眼睛顿时一亮——叶美画在里面！车上还有行李箱、衣物袋之类，她这是要去哪里？不会是被我吓的吧？

车子很快飞驰而去，几秒钟就不见了，只有灰尘飞舞，那是火车站的方向。

过了一个星期，我带上行李到了长江南边的一个小镇。那个地方有潜力、有市场，我准备开个服装店，做个小生意，然后定居下来。

晚上，我做了个梦，梦到了一个戴着眼镜的女子，是她，是叶美画，一定是了。她在对面轨道上的一列火车上，我想跳到她所在的那列火车上，但全身无力，根本动弹不了。我眼睁睁地看着那列火车开走，看着叶美画消失在我的视线里，却无能为力。

我这一场傻子般的暗恋终于彻底地结束了。

暗恋她，我自取其辱

一

这条街有几千米长，没有高楼，没有高档的饭店、歌厅、酒吧，只有几个理发店、服装店、小吃店、面包店等小店铺和几所学校。街道上没有花草树木，光秃秃的。街上稀稀落落地走着几个人，或是西装笔挺，或是穿着妖艳，还有穿得朴素甚至口袋破了的乞丐。街边是平房，有水泥民宅，也有用大块土砖或石头堆砌起来的，看着好像摇摇欲坠的，像是会倒塌的陈年古屋。古屋里是麻将室、游戏室、网吧、茶吧，热闹非凡，似乎谁都不担心它们会倒塌。

我在这条街上的一家服装店工作,每天我都会站在门口招揽顾客。每天台词不变,声音却不断变化,有时候像一只鹦鹉一样发声,有时候还哼唱几句,常引得路人围观议论,有人说我有主持人的口才,有人说我有歌手的金嗓子,有人说我像个演员一般擅长表演,还有人说我像个说出了人间真理的思想家,我俨然成了一个脱口秀艺人,博采众长。这让我自己感到很得意。

偶尔,会有眼睛有神而脸蛋白皙的女人经过,看起来像个正值妙龄的少女,人家手里却拉着一位小朋友,原来是早已成婚生子的少妇。还有一种女人,涂脂抹粉,穿戴妖娆,女人味十足,可是还没走近,便见到一个小孩子跟在她后面,咿咿呀呀地说着什么。这些少妇虽然都已结婚生子,却依然风韵十足,引人注目。

二

有一天,我看见隔壁饭店前面站着一个女人。她目不转睛地盯着我看,一边看一边笑,笑容复杂。我心想,光天化日下你看什么看,没见过男人啊?她看了一会儿之后,伸出手指了指她的嘴,又指指我的嘴。我猜她是个嘴巴不方便的女人。

"他的嘴巴真厉害!"

突然，我听到了一个女人的声音，顺着声音望去，原来是那个一直盯着我看的女人发出的声音！原来她会说话！她在跟她们店的老板说话。我这才明白，她刚才的做出的手势是什么意思。

"他怎么可以这样一直不停地说话？这比我见到的任何一个主持人都棒，好会营造气氛。要叫我说几句连贯的话都不行，我学不来，一辈子也学不来。他这样不停地说话会不会口渴，会不会累？你看他出了一身汗，T恤衫都湿了。"

听到她这样说，我突然感到心里一热，不觉冲她笑了笑。她也对我微笑。

然后，她就快步跑回自己的店里去了。我的话语一时间变得混乱起来，不禁在心里暗骂自己："这么没出息，这么容易就心乱了？"

晚上，我去隔壁的饭店吃饭，却没有见到白天那个女人。吃饭的人很少，我坐在收款台边上的桌子旁，跟老板闲聊了起来。我问道："老板，那个白天在门口比比画画的女人呢？"

"噢，金枝啊，她下班走了。去她姑姑家了！"

原来她叫金枝。

"她看着挺年轻的，应该年纪也不大吧？"我问道。

"你对她这么感兴趣，是不是喜欢上人家了？"老板一脸的坏笑。

"没有，我只是一时好奇。"我连忙解释。

"都是青年男女，这不是很正常吗？别不好意思。"老板笑了。

"这样吧，我帮你牵个线，问问她的意思。若是你们好了，我也算成人之美。"

老板倒是很热情，我听到他如此说也不置可否，算是默认。

第二天上午，隔壁店的老板溜溜达达地过来，跟我说："金枝说她没有男朋友，不过她说你不是本地人，觉得不可靠，还是再考虑考虑吧。"

三

第三天，金枝感冒发烧，请了病假。后来我又听说她的奶奶去世了，又请了几天假。所以我一直都没有看见她。

这几天，不知怎么的，我心里莫名地感到发凉，喉咙也发干。

这时刮起了寒风，下起了冷雨，风和雨一起袭击我，我张大了嘴，将它们全部吸收。冷雨缓解了我的浮躁。我静静地望着街上走过的每一个人，心里也无情无绪。

过了好几天，我看到金枝来上班了。她从我面前走过时，红了半边脸。她打扮得比以前成熟，穿着绿色无袖T恤衫，更显生机。

我不知道怎样才能跟她说上一句话。我想去她们店里吃饭，但双腿有些发沉，迈不开步。我便每晚在她们店门口转悠，心惊胆战的，生怕被人发现。有一天，正碰见老板出来，撞见了我，他问道："你干什么啊？"

"噢，没干啥，没干什么，随便逛逛，看风景。我马上走。"我立即转身走了。

待到夜深人静，我给金枝写了一封信。

金枝：

你应该把我瞧瞧，不要小瞧异地佬。日后被什么难倒，轻轻松松把我叫，轻松可以把那问题找。琴棋书画加电脑，诗词歌赋一个不会少，想和你一起大声说话把嗑唠，一起敞开胸怀把心掏，共叙衷肠待月上树梢，从来不嫌时间早。明晚你的工作少不少，能否电线杆前把我找？明晚十点到，电线杆前把我找。你若不来找，我就不怕早，直接等到太阳到。

我写了信才觉安心，不管金枝看了有什么反应，反正我都说清楚了。

到了第二天晚上，我等了很久，金枝终于来了。天上下起了小雨，她没打伞，穿了一身工作服，有一缕头发贴在额头上，显得有些俏皮。

她见到我只说了三句话："我跟你说吧，我已经有男朋友了！你不要在这里待着了。下雨了，你快回去吧！"

说完她立刻转身离去，一会儿便不见了。

雨越下越大，夜市摆摊的小贩慌乱地卷起物品撤走了，最后一家烤羊肉串的新疆人也推着电动车回家了。街上不时驶来车辆，里边有无数陌生的面孔，只有我一个人在这样的雨夜在外边逗留……

四

一直以来，我都喜欢一个人在漆黑冷清的街道上转悠，我从来不在乎路人怎么看我这个爷们在夜里独自漫步。一连几天，我都这么游荡。

今天，我发觉有人跟在后面，我想你跟就跟吧，我又没做什么违法的事。他居然一直跟着我走。我突然转过身看他，惊得他退后几步。我大声地问："你是谁？为什么跟着我？"

"我的名字叫小黑，是你隔壁饭店的伙计，新来的。你没见过我。"他老实地回答。

"我知道你和金枝的事，也看到了你写给她的信，觉得你是个有情有义的人，想认识你一下。"

"你是……你是她男朋友？"我一把拉紧了他的T恤衫

领口。

"不，不，我只是她的朋友。其实金枝姐根本没……"

"停，别说了！"我制止了他。

"你一定能尽快找到好的女朋友的。"小黑说。

"我条件这样差，又是外地人，又没钱。"我自嘲道。

"不要不自信，你这么能说会道。"小黑安慰我。

"走，喝酒去！有什么大不了的，男子汉大丈夫，拿得起，放得下。"我高声地招呼小黑。

"哥，真是个爷们，老弟佩服你！走！"

我们一直喝到天亮。

第二辑

文青相亲简史

> 每一次美好的相亲,都会让我们遇到不同的人,每一次我们心里都会问:"这一个是我的真命天女吗?我和她能够走到一起吗?能走多远呢?"抑或她仅仅成了我的暗恋对象。

文青相亲简史

我叫赵亦得,男,二十九岁。时间的车轮无情地将我碾压,我成了一名"剩男"。经过仔细考量,我决定选择相亲这个最传统也最稳妥的方式寻觅那个在远方等我的女子。可是经历过无数次相亲之后,我发觉自己成为后知后觉、晚熟寻娶之人已经是不可违逆的事实。

所幸与我同样进入相亲大军者庞大如斯,我不是孤家寡人。在这条不算光明、充满嘲笑与坎坷的路上,我似乎找到了一个乐趣,那就是找到相亲成功的规律和秘籍。虽然我没有成功过,但先哲说过:"失败是成功之母。"因此,我常常劝慰自己,"母亲"都伴随着我了,还怕找不到"成功"?

今天写下我的相亲故事,一来鞭策广大未婚青年加快追寻爱情的步伐，不要投身剩男剩女的大军；二来告诫各位看官，相亲过程骗局多、真情少，不要上当受骗。

一、熟人介绍，真的靠谱？

剩男并不可怕，就怕又丑又老又没本事还被剩下。早就有流言说我身体有状况，不宜结婚；还有人说我性格扭曲，无人敢共处；还有人说我不爱女人，只爱兄弟……如此种种传言，让我一度不敢出门，整日宅在家中上网，写博文，发帖，网聊，又被人嘲笑为古时的隐士。

其实，真正的原因——他们都不知道——是因为我晚熟，同时又自卑，而他们从来没有真正地了解过我，所以，我对传言一笑而过，不予以解释。

我正式开始了我的相亲之旅。

相亲对象1：表妹

我的第一个相亲对象是来自山里的十七岁的表妹。见面之后，我们聊了起来。

我："是表妹呀，都长这么大了，真是女大十八变。"

表妹："我妈说让我们结婚，说是要我每天给你洗衣、做饭、拖地、擦桌子。"

我："我们十几年没见了，你对我有感情吗？"

表妹:"嫁到你家后,我们是亲上加亲,我家的房子可以修修了。不对,这句话我爸不让我说的,说漏嘴了。"

我:"哎,你上过学没有?你知道近亲不能结婚吗?"

表妹:"学倒没上过几年,但我在村里做农活数一数二,插秧、割谷、种棉花,样样精通。"

我:"对不起,小表妹,你还是回家做农活去吧。"

相亲对象2:同学

第二个相亲对象是我的小学及中学同学,是那时的班长给介绍的。

我:"原来是你呀!感谢有电话,沟通你我他。我们有五六年没见了吧?感谢老班长找到了我们。你还记得我原来长什么样子吗?"

同学:"早忘了,不过我妈说了,两个人在一起后,感情可以慢慢培养,可以先结婚后恋爱。"

我:"够潮的呀,可是没有感情,我们怎么在一起?"

同学:"我妈还说了,感情不那么重要,物质条件好就可以跟他处处看。"

我:"啊?可是我现在什么都没有,我和同事一起租住呢。"

同学:"那我得回家问问我妈,能不能和你处。"

我:"有没有搞错?这样吧,你先问问你妈,到底谁和我相亲。等你有了独立的想法后再来找我吧。"

二、网络相亲，我无力承受

我不敢再劳烦亲戚朋友，于是自己在网络上发布了相亲启示。之后便开始了一段精彩的相亲旅程。现在将我们对话之精要处呈现如下。

相亲对象1：信用卡推销员
女孩：听说你是卖房子的？
我：准确地说，我的职业叫作房地产销售。
女孩：那你买房了吗？现在到处在抢房。
我：可能明年买吧。
女孩：那你买车了吗？现在到处在打折。
我：驾照还没考，太忙。
女孩：要不你办一张信用卡吧，额度两万元，可以刷一台十万元的小车，首付两万。这是表格，要不要填一张？

相亲对象2：报纸编辑
女孩：看了你写的相亲启示，从字里行间看出你的文学功底很强。
我：读过几本书，写过几行诗。

女孩：如果你能坚持写作，一定会成为一位知名的作家。你写过小说吗？

我：偶尔在网上编点故事，逗网友开心。

女孩：真的吗？网址是什么？你写给我，我看看有没有适合我们报纸的，我给你发表，还可以给你寄稿费。

我：我们今天好像是在相亲吧。

女孩：噢，对，相亲。我看到你的文笔不错，就忍不住赶来约稿了。好了，不说了，我得去幼儿园接孩子了，电话联系。

相亲对象3：医院护士

女孩：帅哥，你看起来气色不好呀。

我：是啊，最近工作忙，下班晚，晚上还要写些文字，经常晚睡。

女孩：你这种生活态度是不行的，这样会导致内分泌失调，引发多种疾病的。

我：没办法，社会压力太大，竞争太激烈，我不奋斗、不努力就会被淘汰。

女孩：要不，我带你去我们医院做个全身检查，只要888元……

相亲对象4：律师

女孩：你怎么称呼？遇到了什么难事？可以向我咨询，我会给你满意的答复。

我：你看了我的相亲启示没有？

女孩：看了呀，就是觉得你受过骗，经历比较有教育意义，才想找你做个调查，搜集一些相亲骗局的素材。

我：那我们要不要先谈一下个人感情？

女孩：这个可以先缓一缓。你先详细地讲述一下你所遇到的相亲骗局，是被骗钱了还是被骗感情了，还是都被骗了。

相亲对象5：婚介托儿

女孩：这位先生，我们是不是应该找个地方坐一下呀，这里人多眼杂也不安全，万一钱包丢了咋办？

我：这里是江滩，有保安巡逻，治安相当不错。再说这里风景很好，适合谈情说爱。

女孩：哎呀，我口好渴呀，要不，我们去对面的酒吧喝一杯？

我：好吧。

…………

女孩：喝得真是畅快。现在我们去哪？要不我请你去唱歌？刚才要你买单真不好意思。

我：可是我没有现金了，刚才你一口气点了那么多洋酒，都没喝完。

女孩：不要紧，可以刷信用卡嘛。唱完歌，我带你去蒸桑拿，然后去宾馆开个房间斗地主。看你，刚才喝酒喝出了一身臭汗。

三、登报相亲，爱情在哪里

相亲过程中，我永远也猜不到下次见面的会是什么人，是我的天使，还是成为我的噩梦。但为了遇到真爱，我决定豁出去了。说不定，下一个相亲对象就是我一生的真爱。

我在报上登了一个相亲启事。接下来我的故事更有趣。

相亲对象1：传销女

女孩：你是做房地产工作的呀，这一行好呀，暴利。你每月挣多少钱？

我：不多，也就够花吧。

女孩：其实我一直想挣大钱，也想嫁个好老公，一辈子享福。

我：也许我是你的福星。你可以给我这个机会，让我给你幸福。

女孩：不行，你的工作不行，死工资，要赚大钱，得做生意。

我：那你有什么门路没有？

女孩：你愿意不愿意和我一起发财呢？

我：说说看，做啥生意？赚钱不？合法吗？

女孩：看你说的，以后我们就是恋人了，我还能骗你不成？我们公司老板刚给我安排了一份销售工作，每月返利30%，以后月月有提成，年终有奖金。

我：销售啥东西？

女孩：有化妆品、木材、工作服、皮包、手机、电脑等，好多呢，一个月下来就能净赚万元，来钱可快啦。封闭式军事化管理，还管吃管住管玩，一站式享受。我几个表哥表姐早就扔掉了自行车，换了汽车。

相亲对象2：富家小姐

女孩：你想结婚吗？

我：当然。

女孩：那好，我愿意马上嫁给你，但你必须答应我一个条件。

我：你吩咐。

女孩：我爸是本市一知名开发商，可是他年纪大了，不想再管事。只要我一结婚，他马上会把公司交给我打理，所有财产都转到我名下。必须说清楚，我们只是契约婚姻，名义上的夫妻。

我：啊？

女孩：还有，等我继承财产后，我们就协议离婚，我会给你十万块辛苦费、误工费、生活费和青春损失费。

我：我……

相亲对象 3：丧偶有孩的少妇

女人：你看起来身体很好，很健康，有肌肉。

我：是的，我每天都做运动。

女人：看你的面相，一定是个童心未泯的大男孩。

我：呵呵，我不小了，都 29 岁了，该叫我男人了。

女人：在我面前，你还是小孩。你一定很喜欢小孩吧，小姑娘，很调皮的那种。

我：是啊，我喜欢，我经常去幼儿园做义工，教孩子们踢球、写书法。

女人：那就好。要是小文和我们一起生活，你一定会开心的。

我：小文？

女人：就是我和那个人的女儿呀。

我：啊？

女人：酒后误事呀，她出来得是早了点儿。后来又因为酗酒，他离开也早了点儿。

相亲对象 4：疯狂读者

女孩：我超喜欢你在网上写的小说。你还写新小说吗？

我：我们今天是相亲，你了解我吗？

女孩：当然，你写的每一段感情我都懂。我愿意做你笔下的红颜。你把我写进你的小说里去吧。

相亲对象5：心理疾病患者

女孩：我看了你的博客，知道你是业余心理医生，帮助很多女孩摆脱了疾病的困扰。我想如果我嫁给你，我们时刻在一起不分开，你一定可以治好我的幻想症。我们明天就去领证吧。我会让你爱上我的。看，我户口本都带上了呢。

我：啊！！！

优质剩男的相亲日志

我是一名售楼顾问,至今单身。我的那些女同事都很热情,她们把我的事放在心上,到处给我张罗女朋友。他们在一周的时间里帮我约了三名优秀的相亲对象,分别是幼儿园老师、医院护士和超市老板娘。她们是这样分析的:幼儿园老师会带孩子,护士会照顾人,超市老板娘接触人多,她们的社会经验丰富,跟我能聊得来,所以这三个人都比较适合我,不管跟哪个谈成了都好。

一

在公园里见到幼儿园老师的那一刻,我惊讶于她的童颜,她的皮肤相当不错,就好像是白里透红的苹果。头发又黑又直。她的眼睛十分清澈,就像是一泓湖水。

我紧张得说话都结巴起来,伸出手去与她握手,她却先找了一把椅子坐下,问道:"大哥,请问你弟弟什么时候来和我见面?"

听到这话,我的心凉了一半,看来她是觉得我太"历史悠久"了,但我依然笑脸相迎,表明我就是要和她见面的人。

她惊讶得半天不说话。

为了和她继续聊下去,我向她介绍了我的个人情况:有房,准备买车;工作、收入稳定,无不良嗜好,有结婚意愿。我正说着,她却打断了我的话:"大哥,有恋爱经历吗你?谈过几个?"

我告诉她我相亲过许多次,有的是我看不上人家,有的是人家看不上我。

她没有再问下去。

"你喜欢小孩吗?"她突然问道。

我回答:"喜欢啊!如果结婚,孩子马上就可以有。"

"不,我不是这个意思。"她低声说,"我刚刚怀孕,他的爸爸却在出差途中出了车祸……"

接下来,她的泪水涌了出来。我借给了她一个肩膀依靠,她一把鼻涕一把眼泪地哭着。这次相亲,我变成了"全程陪聊"。

二

那个护士的出现让我眼前一亮，她竟然穿着一袭黑裙，十分引人注目。

她看我呆住了，笑着提醒我："没见过模特吗？"一句俏皮话，就把我们的关系拉近了。

她说自己在东湖边的一家医院上班。我说："下次生病了一定去你们医院。"她大笑："哪有人自愿生病的？我情愿你休息的时候去找我。"

都是紧张让我口不择言，我不再说话，听她继续介绍。

她说家里逼得紧，催她赶紧结婚。过年时全家都为这事吵架，她也想快点儿谈一个男朋友，领证结婚。她说她的表哥表姐都结婚了。

我对她的话相当赞同，热情地向她伸出双手："同志呀同志，我们同是天涯沦落人呀。"

然后，我说："年纪一大，结婚是最急的事，家里人着急，同事朋友都会为你着急，一见到你就会打听情况，恨不得让你赶紧抓来个人结婚。真是逼得我不想见人，天天一个人宅在家里。"

后来，在我的建议下，我们去了一家西餐厅，就在我们愉快地结束浪漫晚餐的时候，她轻描淡写地告诉我一件"小事"："我因为一些原因，不能要小孩了。其实有孩子就是一种负担。你是否也跟我有同样的想法？"

我一下子就懵了，跟她说："这事，我得先跟我妈商量一下。"

三

周末，在咖啡厅与超市老板娘见面时，我早已灰心了。

老板娘的年纪应该和我差不多。她也没有问我的条件，就说愿意让我上她们家。

起初我以为是去她家吃饭。

她又强调："我是指你入赘到我家。这个你同意吗？"

"啊？这个意思？"我愣了一下，说，"这个容我考虑考虑吧。"

她又说了一句惊人的话："孩子也得跟我姓，因为我有五个姑姑、四个姨，都是女性，生的小孩又都跟别人家姓了，我得搞个特例。"

我笑了笑，说："好的。我先回去拿户口本啊。"说完逃出了门。

出了咖啡厅，我关了手机，回到了家，好好地睡了一个觉。

相亲这事，现在看来也是没有那么靠谱，也真让人伤脑筋。难怪有一个被称为"最适婚公务员哥"的网络红人，据说三年里相亲了六百八十九次……

当剩男遇上职场"白骨精"

公司经理见我至今一个人形单影只,就给我安排了几场相亲,一来是体恤下属;二来解决我的个人问题,让我能够更加安心工作。据说那些相亲对象是职场"白骨精"(白领、骨干、精英)。我做了充分的准备,应对这几场相亲,心想也许一不小心就会被丘比特之箭射中。

第一个见到的是一名私营企业主。她个子不高,说起话来滔滔不绝。我们相视一笑坐下后,她像发表获奖感言一般介绍她自己。她小时候家里穷,父母四处拜师学艺终寻得秘方,开了一家卤味店,专卖卤鸡爪,自她懂事起家门口就排着长队。现在她接手了家里的店,成了名副其实的老板娘。她手里提的是LV的包,用的是法国香水,开的车是奥迪Q7……

我打断了她，问她对另一半有何要求，她居然说："八个字：条件不限，听话就行。"我倒吸了一口冷气。她接着说："这样吧，现在给你三分钟时间介绍一下你的情况。身高、体重、家庭背景、人生经历。对了，你若有意，可以加盟我的卤菜店……"

这哪里是相亲。我起身微笑，向她告辞："不好意思，我今天没带简历，改天我再安排时间跟你谈。"

第二个女孩据说是企业高管。她穿着一身休闲装，一上来就问我的婚房买在哪、地段如何、房价走势如何，有无小车代步。我表示都在计划之中。她并不介意，马上告诉我她有办法让"我们"走上致富之路——炒股、买基金、购保险、办信用卡。原来她身兼三职，分别在一家证券公司、保险公司和银行挂职。我瘫坐在椅子上，对她说："你把表格分别给我一份吧，我回家去填，填好了再给你。"她热情地递上了表格和她的名片。

第三个女孩自称是一家五星级宾馆的行政部经理。一见面，她便以专业的眼光对我审视一番，然后表扬道："外表干练，一定是工作强人。"我正沉浸在快乐之中时，她却对我说："我口好渴，要不我们去对面酒吧喝一杯？"我笑着默认。进了酒吧，她自己点了好几瓶洋酒，又拉着我不停地喝。我好不容易将她拉出来，她自称醉了，要去蒸桑拿。我对她说：

"今天我的信用卡已经刷爆了,改天吧。"然后飞快地离开了。

接下来见到的相亲对象也都让我大跌眼镜,我不禁感叹,看来现在的相亲也变了味道,增添了许多别的因素。相亲过程中也有可能遇到终生的伴侣,但有时候可能会让人受到刺激,甚至还有可能让人对相亲产生排斥,从此与它绝缘。

三次相亲相来爱

我参加工作两年了,却一直没有女友。我倒无所谓,我可以一个人沉浸在小说中,领略书中的那些惊天动地或者凄惨悲凉的爱情故事。可是父母的逼迫犹如暴风骤雨向我涌来,他们不停地跟我说,我的某某同学已经怀二胎了,远方表妹也准备嫁人了。不孝有三,无后为大,他们已步入花甲之年,所剩年月不多了,希望我赶紧结婚生孩子,为家里传宗接代。

我心里想,不孝这么大的罪名,我可担当不起。我只好听从父母的安排,乖乖地去相亲。他们欣喜若狂,马上联系相亲对象。

说实话,我非草木,孰能无情?我的心中无数次憧憬能遇到一个穿一袭白裙、衣袂飘飘、长发舞动的女子,现实生活中我却因暗恋别人备受打击。因此，有一段时间我的心中不再有爱，不再相信爱，宁可无情无义。但我发现我还是做不到，我还是要寻觅真爱，希望能够与一人携手白头。

相亲那天，女孩来到我家后，我大吃一惊，这不是我的小学同学吗？我们相视一笑。我的父母便到厨房准备饭菜。

我见她个子虽不高，但长相也算清秀，一副恬静温柔的样子。我开门见山，问她有何想法。谁料她竟和我想到一处："我们还是做同学吧。"

饭后，我的父母催我们出去走走，让她与我有更多的相处机会。我们欣然答应。我们出去之后，不过是叙了叙同学情谊，再无其他。我回去之后，对父母也是敷衍一番。

一个月后，父亲再打电话给她的家里，她母亲告之，她已去广州表哥家帮忙带孩子去了。

我在父母面前露出了一种大为失望的表情，但父亲是最失望的。他们一边安慰我，一边发动亲朋好友、左邻右舍继续为我寻觅相亲对象。有一位邻居给我介绍了一个女孩。这个女孩父母均已不在；有一个姐姐，已出嫁生子。该女孩从事服装销售工作，与我是同行。父母多次到邻居家了解情况，该女孩没有提出过高的要求，表示在农村领证办酒席即可。不像一般女孩，要求买房。

我心里其实不太愿意见面，但是为了安抚父母，维系与邻居的友好关系，我还是去她姐家相亲吃饭。见面时我吃了一惊，她居然穿着男式T恤衫和韩式吊档大脚牛仔裤。这是女孩样吗？碍于情面，我只得耐心地与她聊了一会儿。

一周后，正赶上她过生日，父母打电话告诉我得买花、买礼物、请她吃饭，等等。我想，这也算是一次机会，那就相处看看吧，同时也是为了父母。

我像她男朋友一样履行责任，每天跟她发短信聊天。但不知是不是她也是被迫相亲，每次都以寥寥几个字回复。

我直截了当地问她，可否为我改变穿衣习惯，穿女装。这应该是不算过分的要求吧。她回信曰："不好意思，我不会为任何人改变。"

我彻底无语。我的要求过分吗？很难做到吗？要求一个女孩穿女装有错吗？我第一次慎重地考虑，如果我仅为了尽孝，和这个穿着男装的女孩仓促成婚，以后我将和一个并不喜欢的人生活几十年，那么我的人生将会是黑暗的。

没料到父母却传来喜讯，说她姐对我的长相、工作、收入、人品相当满意。他们几人一致决定国庆节期间为我们定亲。

我的天啊！我才是主角！我都没有发表意见，在二十一世纪的今天，他们还敢包办婚姻，给我定终生！

我给父母写了一封信："我必须找到一个合适的女孩才会结婚。你们包办婚姻会让我一生不幸福，将来如果离婚，你们会更加难受。我要好好地谈恋爱，将就勉强是不行的。这件事就让我自己来吧,你们等我的捷报吧。"父母最终顺从了我的意愿。

很幸运,半年之后,我经一个朋友介绍,认识了一个女孩。她温柔如水,善解人意,我们一见如故,两情相悦。我觉得遇到她实乃三生有幸。一年之后,我们一起凑钱买了一套房子,然后结了婚。

这最后一次相亲,让我又相信了爱情,认可了相亲。我相亲相来了爱情,我很幸运。

奇妙相亲手记

我的条件并不差,却感觉相亲怎么这么难。

长相、工作、家庭背景……我就像理牌一样,清理着我见过的一个个女孩的条件,想着把自己押在哪副牌上。押到最后,我发现输完了自己的青春。

三十岁的我已经习惯了在这灯火通明时,奔向一个熟悉或者陌生的地点,去见一个陌生的人。一次次失败的相亲已经让我灰头土脸,对爱情和相亲感到绝望。从最初的激动忐忑,到后来的平淡麻木,我对相亲产生了无与伦比的厌倦。

相亲多次,我都写在笔记本里了。凭着优异的成绩我进入了本市最大的房地产公司工作,担任销售经理一职,看到周围人优越的生活,我相信,自己在不久的将来也能过上那种生活。

　　我在上高中时是一个骄傲而羞涩的人，这与我的家庭环境有很大的关系。我的父亲是个农民。在我们那个小县城里，我们总是很在意别人的眼光，生活中也就格外地小心翼翼。我们兄弟三人，每个人都中规中矩地听着父亲的话，安排自己的生活。我大哥在一家物流公司做司机，弟弟在南方某著名企业工作。而作为赵家老二的我，身上被寄予了更多的希望，这让我更是不敢越雷池一步。高中时的我小心翼翼地读书、玩球、听音乐，日子倒也过得风轻云淡，只是有点儿孤独。

　　毕业后，我就想着身边该有个牵着手一起走的人，而家里也放宽了我在恋爱方面的约束，我茫然四顾，突然发现自己对这方面竟然一无所知。

　　上班后不久，我就遇到了自己生命中的第一个女孩。每天我去上班时总会在公交车上碰到一个长相甜美的女孩，我发现，这女孩与自己有许多相同之外，她坐在车上总要捧本书看，车上的移动电视中播放到某个栏目时她也会抬起头看。有一回动画片放到一半时，我发现本该下车的那个女孩还在聚精会神地盯着电视，便拍拍她的肩头，对着转过头来的她指指窗外。很夸张的一声惊叫后，女孩站起来，拍门喊停车，然后下车，嘴里不停地嘀咕着"迟到了、迟到了"，还不忘回过头来冲着我伸一下舌头。

看着这个一路小跑的女孩，我怦然心动。此后每天上班时便有一些刻意的等待和聊天，不久我便提前一站下车，送这个叫喻霄花的女孩到她办公楼下，然后自己跑着去上班。恋爱自然而然地发生了。

刚毕业的我本着不再花家里钱的原则，虽然工资不算低，但也只能租房子住。而正是房子问题使我们结束了这段本来可以水到渠成的浪漫姻缘。喻家父母初见我时就提出一个在这个城市无比现实的问题："你又没有房子，让我怎么放心把女儿嫁给你？"其实以我家的条件，完全可以支援我拿出一个首付款，但自尊让我保持了沉默。

乖乖的女孩犹豫了，而正是这种犹豫让我感到无比失望。后来我想起这段爱恋便会心酸，那时候真年轻啊，连挽留都不曾挽留一下，就那么眼睁睁地看着邻家女孩般的喻霄花离开。

这次恋爱事件让我长久地陷入了沉默，我开始拒绝生活中不时迸发的美丽，开始远离人群。我开始试着用世故的眼光来看待爱情和婚姻——或许婚姻就是许多现实的物件加上一个还不错的女孩组成吧。

那时候，整个城市都在谈论房子、房子、房子。我终于存够了首付款，当我坐在属于自己的房子里时，想起那个叫喻霄花的女孩，心一点点变冷。我开始检查自己的硬件——社会地位、收入、房子、前途……

我开始武装自己。在单位里，我谋求着职位的进一步提升，还兼职做了几份工作，写小说、写剧本、写书，让本来不菲的收入更上一层楼，家里的布置更是按照北欧简约而高贵的风格重新打造；衣服、手表等穿戴更是考究；我去练保龄球、高尔夫、空手道，所有时尚人士所必须有的、必须懂的我一件件去拥有、学习。

当我站在镜子前看着全新的自己时，我笑了，觉得自己就像一个已经全副武装的斗士一样，世界就在我的手中。在我的眼中，爱情和婚姻，就像一男一女排兵布阵，比拼实力。

再见喻霄花时我有一种无法言说的失落，三年过去了，一切都变了，从前一看到就会让自己脸红心跳的女孩已经成了他人妇。

我们淡淡地坐在咖啡馆里。喻霄花其实很不适应这种环境，太过幽雅的环境和稍显暧昧的音乐都让她坐立不安。她一边听着我以一种难以抑制的炫耀口吻谈自己的近况，一边搅着咖啡，或许是糖放多了，她感到很腻。那天的我感到很无趣，但喻霄花走的时候随意的一句话却让我颇感兴趣："我们单位有一个不错的女孩，哪天介绍你们认识啊！"

失去的恋爱不能回头，而生活还要继续。

这几年，我把时间过多地放在物质生活的创造上而忽略了关心自己的情感世界，当我重新走近已经疏远的朋友时，才发现当初和自己一起毕业或者一起参加工作的同学、同事都已经有了各自的小家庭。我一下子着急起来。喻霄花不是说要介绍女孩给我认识吗？我马上给喻霄花打了个电话。

喻霄花安排我们见面了。当男女双方和尴尬的介绍人坐下来时，我马上感觉到很不自然。那次见面，除了女孩点的咖啡和点心的价格让我的心跳了一下，我就只记得女孩喋喋不休的询问和不时对我所拥有的优越条件的惊叹。相亲结束送女孩上了出租车后，我把写有女孩电话号码的纸条当着喻霄花的面扔进了垃圾桶。

虽然第一次与陌生女孩见面的经历让我颇感无趣，但相亲作为一种古老而又时尚的结识异性方式在我的心中扎了根，好歹这样可以给自己创造机会啊。此时的我已经30岁了，世故已经麻木了我感受爱情的直觉，父母的催促虽然让我不胜厌烦却也无可奈何，同事们奇怪的眼光更是让我坐立不安。

我开始了相亲之旅。我发动了所有的人力资源，周边了解我情况的人也乐于做这个人情，于是好多候选对象一股脑地摆在我面前，有时候竟然一个星期七天每晚都有安排。不知内情的人还以为我社交活动有多频繁，却不知道我是在相亲。

我觉得自己在相亲中像一个演员又像一个观众，坐在一个不认识的人前面表演和看表演，但剧幕落下时，我都会感到无比失落。虽然有几次我的感觉还不错，但最后都没有谈成。

刘清是这些人中让我最为中意的一个女孩。她是我一个同事的表姐，同事为我们安排的相亲颇具特色，不是在平常的咖啡馆或茶吧，而是在体育馆里。当英姿勃发的刘清出现在我面前时，我的眼睛不由得一亮。那个晚上我使尽浑身解数，让自己也成为球场上的亮点。

第二天同事带来的却是一个不好的消息，因为打球间歇闲聊时，我对刘清喜欢看韩剧表现出的不屑让她很不舒服。这次功亏一篑的相亲让自我感觉良好的我尝到了被选择并被淘汰的苦楚，听着同事的抱怨，我真是有苦说不出。我在此次相亲后开始反思，我开始觉得，无法容忍对方哪怕是一点点的缺点是相亲最大的致命伤，和自然相处后生发感情不同，相亲特别注重第一印象，如长相、谈吐等，双方心中都有一个完美的标准在衡量对方，优点可以对号入座，而缺点却被放大和抵制。

随着我的年纪渐大，我原来持有的砝码也变得越来越轻，相亲是越相越后悔，因为朋友、同事们介绍的女孩一个比一个年纪大，而相亲第二天从介绍人那里得到的消息不再是"满意"了，更多的是我身上一些缺点的放大版——牙不整齐、个子矮、肚子上肉太多、脸上皱纹太多。

我看着笔记本上的记录，也不知道自己到底见了多少女孩。

我也尝试着改变见面的方式，以一种更自然的态度来对待相亲这回事，但相亲就是相亲，每回都绕不开那些问题："你在什么地方上班？你家什么情况？你有什么爱好啊？"不是我问别人，就是别人问我，而相亲最后的结果也只有两种，不是别人看不中我，就是我看不中别人。

我从最初的兴奋激动到习以为常，再到最后的厌恶，倍感疲惫。相亲或许是一种瘾，或许是别无他法的选择。每天晚上，从相亲的"秀场"回到孤独的房子里，坐在舒适的真皮沙发上，我感到那样无奈和不解：我错在哪里？相亲真的是一条死胡同吗？

在我们的身边，其实有许多类似我这样的年轻人——自以为错过了恋爱的季节，就以相亲作为一种介入情感生活的方式，但相亲本身决定了在此过程中无法避免许多现实问题的提出和解答。我们知道相亲成就了一些美满姻缘，却也认识到了相亲的弊端。

我在笔记本上写着："我还会继续去相亲，但我会改变从前只做物质条件较量的观念，会以一种更自然的心态和方式来结识女孩，原来那些长相、工作等条件或许应该换成爱心、正义、善良这些条件。"

相信我有一个好的未来。

第三辑

相爱，是这世界上最艰难的事

有人说，爱情很简单，不是一见钟情，就是日久生情。但当我们真正陷入爱河之后，问题就会不断出现，我们会有这样或那样的难言之隐，会遇到来自社会、家庭的阻碍。我们要怎样做，才能拥有真正的爱情？

至少我们曾经拥有

从读高一起到参加工作,我暗恋过好几个女孩,却没有勇气跟她们表白,终于有一次鼓起勇气说了出来,却遭到了无情的拒绝。我知道自己的眼睛不大,长得不帅,不招女孩子喜欢。我的心里有些自卑,感觉被大家遗弃了,所以我总是活在自己的文字世界里,我拼命地写小说、散文、诗歌……我知道在很多人眼里,这些只不过是一些废话。

直到有一天,我遇到了她,一切都发生了改变。

那时的我,就像一只微小的蚂蚁,站在人生这个偌大的热锅上,感到无比迷茫。这时她倏然而至,进入我的生活中,带给我阳光和温暖,让我振作起来。我既不帅又没钱,她却能够和我来往,将我从"无爱之海"中拉扯上岸,让我备受感动。

我给她写了无数封情书,早晨刚起床时,午休时,半夜时分……我随时都能拿起笔写下我对她的深情。几百封情书把我的邮箱都塞满了。

与她一起沉浸在爱河之中,我觉得时间过得飞快,仿佛我们的邂逅就在昨天。

可是我们在一起的幸福日子没有持续多久,后来,她远赴大洋彼岸,去追寻她的梦想,留下我一人在原地独自伤悲。我们经历了种种磨难与坎坷,最终还是错过了。

一、偶然相识,相谈甚欢

2008年,我辞去了广告设计工作,做了一名售楼顾问。我被分到了湖北咸宁,那时楼市正值低迷期,我的工作并不顺利。我的心情低落,整日颓废。

同事们都有了男朋友或女朋友,他们会到宿舍里来探望同事,与同事在宿舍里欢笑打闹,显得特别恩爱,这让我心里很难过。有时吃饭的时候,单身的我还被同事们嘲笑打趣。而在武汉的父母也不断催促我回家相亲,这使我更加心烦意乱了。

后来,有一位朋友为我介绍了一个女孩,她叫晓云,在武汉一家食品公司担任文员。他把晓云的手机号给了我,让我们相处看看。我给她发了一条短信,介绍了自己的姓名、年龄、爱好、理想、工作等情况。不一会儿,她就回复了我一条短信。她说,我的短信里写的"本人身世清白,无任何不良记录……"这些文字,将她逗得笑了半天。我赶紧给她回复过去,竭力把话说得幽默风趣。我们就这样聊了很久。

到了第二天,我们还是你来我往地发短信聊天。我将自己的处境、心情都告诉了晓云。她认真地为我分析时势,规划以后的生活,让我解开了心结。她也没有跟我谈及房子、车子、存款等问题,我感觉到了她的温和、善良、真诚、细心。

慢慢地,我们越来越熟络,下班了我们就打长途电话聊天,我们的性格、爱好、习惯都有很多共同点,比如我们都爱看书,爱看哲理之言,都喜欢旅行,等等。

为了将我对她的感情充分表达出来,我开始给她发电子邮件。每一封邮件就像一首爱情狂想曲,融进了我的经历、工作、理想,还有对爱情的渴望。她收到后会马上给我回信。

她的回信让我深受鼓舞,给她写的情书越来越多。吃饭的时候,我边吃边打字。午休时,我也给她发邮件。半夜醒来,我也会坐到电脑前给她写信。同事们都笑我太天真,说我和她这样身处两地,没有未来。我对这些话装作没听见。

认识了晓云之后,我变得开朗起来,也能和同事们一起嬉笑玩乐。我决定到武汉见她一面。是她让我的心里充满了阳光，我想当面对她说声谢谢。

我发短信对她说："我想和你见面。"她答应了。

我不知道这一见结果会如何，我们从来没有看过彼此的照片，不知见面后会不会觉得生疏和尴尬。

二、一见如故，为我导航

我们聊得最多的是书籍，所以我们把见面地点定在晓云公司附近的新华书店。我下了火车，就直奔书店而去。到了书店门口，她发短信说还有半小时才下班，让我先看会儿书。

我哪有心思看书，翻了几页便出门等。忽然见到远处有个女孩向我这里款款走来，目不斜视地看着我，仿佛认定了我就是她要找的人。

我转过身，按下手机的拨号键。这时她已经走到我面前，说："你就是赵燕吧！还假装打电话。"她识破我了的伎俩，我们相视一笑，初次见面的距离感顿时消失。

我仔细地打量她，见她面目和善，化了淡妆，穿着优雅的淑女装，发丝轻盈飘逸，身轻如燕，一如我想象中的样子。

那一天，我们去了武汉江滩。我俩卷起裤管在江水中走，玩沙子，她全然不顾淑女形象跟我一起玩闹。接着我们坐在轮渡上吃冰淇淋，跑到图书大世界淘书。我送了她第一份礼物——两本刊物。她笑脸绽放，如同夏日的荷花，雅致而灿烂。

我们还去爬珞珈山，登黄鹤楼，荡舟东湖……

傍晚，我们坐在江滩边的草坪上聊天，晓云给我分析了现在公司的情况，向我提出了一个大胆的建议——辞职，回武汉发展！

这一次与晓云的见面让我的精神振奋起来，她的话为我的心里注入了一股暖流，消融了我长时间以来内心的寒冰，后来我在发给她的邮件中写道："你一定是上天派来拯救我的天使。"

可是，她不敢将我们的相识告诉她的父母，我们成了地下恋人，不敢见光。

三、相濡以沫，为爱奋斗

回到咸宁，我仔细地考虑晓云的建议。我认为她的分析很有道理，与其在咸宁虚度光阴，不如回武汉找一份适合的工作。于是我辞职了，背着行李回到了武汉。

下火车时，下起了小雨，晓云赶来接我。她帮我提着一些行李，根本无法撑伞，全身都被淋湿了。我的家在农村，自己得租个房子住。她陪着我冒雨去找住处，直到傍晚才找到适合的房子。

此时我俩都饿得不行，于是我们一起吃了蛋炒饭，低廉而简单。她说以后要花钱的地方多着呢，现在要省钱。她吃得有滋有味，我的心里却十分酸楚。

找工作很不容易。我在网上投了无数简历，面试了几次，都没有回应，我的心情很低落，连面试都不想去了。这时晓云又跟我说："简历不能乱投，也不要乱面试，得进行分析比较。"

那段时间她很辛苦，每天下班后，她去买菜做饭给我吃，然后再赶回她表姐家住。她其实不太会做饭，可还是用电饭煲给我做最简单的青菜火锅。有一次在煎鱼时，她的手上被烫了许多血泡，让我十分心疼。

10月16日是她的生日，这是她与我相识后的第一个生日，我为找工作面试到天黑，没有给她买鲜花，也没有礼物，只是托着一副疲惫的身躯出现在她面前。她不仅没有生气，还自己买来几条小鱼，煮了一锅滚烫的鱼汤，让我和她一起庆祝生日。我不禁泪流满面。

然后她请了一天假，用她所学的人力资源知识，帮助我比较了很多单位，并选择了一家公司。我直接上门面试并顺利地被录用，从事的是我擅长的售楼工作。我开始像拼命三郎一样努力工作。

从2008年年底到2009年上半年，房地产回暖，我的工作一帆风顺，并连续几个月成为售楼部销售冠军，后来又做到副经理的职位。

为了让我有面子，晓云自己用低廉的化妆品，却为我买来各种场合所需的服装。为了让我写作方便，她省钱为我买了一台笔记本电脑。她的厨艺也不断提高，总是变着花样做好吃的饭菜，糖醋排骨、红烧肉、剁椒鱼头……让我大饱口福。有了晓云，我感到十分幸福。

四、相忘于江湖，愿彼此安好

我和晓云彼此已经十分了解，我的家庭、学历、存款，她都清楚。她和我一起过艰苦的日子，一起面对残酷的现实。

2009年，"裸婚"一词流行起来，我曾跟她开玩笑，要是我一时半会儿斗不过这比喜马拉雅山还高的房价，我们也可以裸婚，租辆公交车，喷上婚纱照，载上七大姑八大姨，回到农村举办一场农家婚宴，体验坐花轿、拜天地、入洞房等传统的婚礼仪式。她只淡淡一笑，没有回答。

其实，从心里来讲，我可不愿意她从嫁给我起就过穷苦日子。再怎么说我们也是风华正茂的青年，怎么能不努力奋斗，创造美好的生活呢？

有一天，我见到晓云心事重重，再三追问后才知道，她家人又给她介绍相亲对象了。她的同学大都结婚或定亲了，家人着急是很正常的。她哥哥早已成婚生子。她是父母唯一的心病。

可是我来自农村，无房，少存款，也没有一份好工作，她的家人一定不会满意。果然，她如实地跟她家里人讲了我的情况后，就遭到了家人的反对。她不断地尝试去说服家里人，告诉他们我们两个人在一起很幸福快乐，现在的物质条件不好，将来会好的，这都是可以慢慢改变的。

而我则加倍努力地工作，我要用自己的行动证明自己能够给晓云幸福。接连两个月，我的销售业绩名列公司榜首，我的工资大涨。她的家人知道后说，这小伙子倒还上进。

在家人全部反对的时候，她没有放弃我，让我很感动。但现实是残酷的，没有房子如何结婚？我们商量一下，决定得先买套房，再去见她父母。她拿出了自己几年的存款，再加上我的，算算还差很多。

房子成了横在我们面前的拦路虎，有的时候我都想放弃了。但她十分坚定，还向家人借来购房首付款。

得知我们将用几十年还几十万的贷款，我的父母惊恐万分，劝我们过几年再买。从银行贷款，对于我们家人来讲是不能接受的。她用科学的计算、通俗的讲解打消了我父母的顾虑。我的父母也费尽周折为我们凑了几万块钱。

我决定为了房子拼一拼，早晨七点之前我到一家小吃店做钟点工，八点半到公司上班，下午五点半下班后到网吧做网管，一直到半夜，这段时间若是没人叫我过去，我就拿起笔写文章。我是广州一家经济类杂志的主笔，同时给两份小报写都市爱情故事和武侠小说，还给一家电台的音乐频道写串词，给情感频道写情感故事，挣了一些稿酬。我还在一家网站做数字小说的签约编辑，负责与网络写手签约，让他们把自己的小说发到网站上，我就会得到一些报酬。

她的家人知道这些情况后，对我的印象越来越好。

有一段时间，公司有新项目开盘，我拼命工作，收入大幅度增加。我将工资单给她的时候，对她傻笑道："我会继续努力的，放心吧，我们不可能裸婚的。"

高强度的工作，使我十分劳累，有时精神状态也不太好，偶尔还会半夜失眠到天亮。但是为了我和晓云的将来，我仍然咬牙坚持。

我的工资不断提高，领到高薪的那一天，我对晓云说："很感谢你一直支持我、激励我，我要为你创造优越的生活。"

可是世事难料，后来，晓云得到了一个去美国深造的机会，她犹豫再三，终于还是决定远赴大洋彼岸，实现自己的梦想。

我和晓云就这样结束了，我们在一起经历了许多坎坷，虽然没能走到最后，但我俩在一起的美好时光，是我人生中的一段珍贵的回忆，我希望她以后能够有一个好的归宿，而我，也会找到自己的幸福。

娶你,是我这一生最大的事业

一

下班后,霄云直接回家了。往常几乎每天都和男朋友小李一起吃饭、逛街、聊天,今天小李说有事,她只好一个人随便吃点东西,便回家了。

刚到家,门铃响了,是送快递的,说有她的一个包裹。她接过来拿进屋,打开一看,是一部平板电脑,里面有一个短片,拍的全是她。

早上,她起得太早,在公交站靠着站牌,差点睡着。午饭时间,她买了玉米和奶茶,边走边吃。下班等车时间,她给客户打电话。深夜加班回家，她在路边的小吃店叫了一份馄饨，大口吃着，耳朵上还戴着耳机，她边吃边随着音乐摇着。

视频的配乐是英文歌《昨日重现》。

霄云知道，这一定是小李送给她的，视频肯定也是他拍的，心里很感动。她给小李打电话却一直占线。

二

第二天，小李打电话说晚上还有事，又不能与她见面，而且绝口不提平板电脑和视频的事。霄云不知道他葫芦里卖的什么药。

刚到家附近的街上，一个大约十来岁的男孩不知从哪儿冒出来了，给她一个盒子，说："美女姐姐，一位大哥哥让我把这个给你。"

霄云拆开盒子，里面是一个盒子，再拆，还是个小盒子，一直拆到第十个盒子，才看见一张精美的信纸，上面写着："本人自愿无偿出租往后的几十年，望笑纳。"

霄云娇柔一笑："呵呵，尽会故弄玄虚！"

走到了自己家楼下，一位老奶奶走过来，拍拍她的肩膀，说："丫头，对面是你的相片吗？"

她一抬头，只见对面的液晶显示屏上显示了她的相片，并写着:"不娶你,我后悔一辈子。不嫁我,你会错过最爱你的人。"

霄云想:"他这是要跟我求婚吗?还真是会想办法!"

回到家,她又收到一个快递,是一个信封,里面有一些照片。照片上有黑龙江漠河、海南三亚、新疆帕米尔高原、山东蓬莱。还有飞机上拍的白云图,海底的世界。最后一张纸上写着:"无论严寒酷暑,天涯海角,天上海底,我都愿意陪你去。"

霄云笑了——真是个痴人!

看你还会出什么招!

三

第三天,霄云又是一个人下班回家。快到家的时候,几个戴墨镜、穿着黑西装的男子冲向了她,把她截住。她惊恐万分。

其中一位墨镜男跟她说:"霄云女士,您涉嫌一桩武汉特大盗窃案,您得跟我们走一趟!"

霄云吓坏了:"我平时都是遵纪守法的,根本没有偷过东西,凭什么跟你们走?对了,你们不是警察吧,你们到底是什么人?"

"手下留人!"

远处传来一声高喊，只见一名男子冲了过来。原来是小李。小李冲到霄云的面前，拉着她的手跪下："是我告你偷窃，是你偷了我的心。霄云，请你嫁给我吧！"

霄云顿时泪如泉涌，扑向了他："我愿意！"

这时，周围响起欢呼声与掌声。

"亲爱的，之前送你的只是小礼物，今天我还要送你一份大礼！"

这时从远处缓缓飞来一架遥控飞机，它的底部悬着一只袋子。飞机在霄云身边降落，小李示意霄云去拿。霄云把袋子拿下来，打开一看，原来是一本购房意向书。

"这是我们两个人的家，我们明天就去签订购房合同。"小李深情地看着霄云说道。

"娶你，是我这一生最大的事业。"他又补充道。

霄云说不出话来，一味地依偎在小李怀里，泪流满面……

相爱不是容易的事

我们"80后"这一代,为了买一套房子,所需付出的血汗和代价,说出来十分痛心。几十平方米的钢筋混凝土,比任何无敌的武器还要令人畏惧。没有房子,不敢恋爱,不敢结婚,永远都没有安全感,始终觉得自己在飘荡。

爱人的逼迫、丈母娘的催促、开发商的疯狂涨价、工资的不给力……无疑让我们"80后"压力巨大。总是幻想有朝一日楼市崩盘或者社会能够实行平均主义,每人分一套楼房,但这两种可能,只能在梦境中或是科幻小说里存在。

我和陈晓丽相识在2008年的夏天。我原本期待的爱情的浪漫没有出现,我们的恋爱之路几经波折,经过我们的坚持和抗争，终于买下了一处房子。领结婚证的那一天，我们激动地相拥而泣。虽然之后在婚房的装修、婚礼的举办等问题上我们也有争吵，但那亦是一种幸福。就在那些幸福的疼痛中，我们一点一滴积累相爱相处的经验。

现在回想起与晓丽初相识时的情景，真是美好的回忆。

2008年的整个夏天，是我们最幸福的时光。我们可以发短信聊天到深夜两点半，也可以打电话聊到天亮，总有聊不完的话题。写情书、背古文、讲笑话，我每天换一种方式取悦于她，让她感受爱情的甜蜜。我们还一起坐轮渡、观日出、赏樱花……

然而，快乐的日子并不长久。"我家不同意。"她的这句话让我深受打击。那一刻，我明白，相爱不仅仅是两个人的事。我冷静下来，认真思考了一下。我们面临的第一大难题是房子问题。

我们的处境很不好，一度使我想到了放弃。我曾天真地认为，我赶紧挣钱，等我挣够了买房的钱再来娶她。可是我们的年纪已经大了，等不起。而且我的收入增长速度远远赶不上房价的增速。我们开始疯狂地到处凑钱，家人、亲戚、同学、朋友，能借到的都去借了。我还列出一个工作规划，去做她家人的思想工作。2009年5月，我们终于幸福地在购房合同上签上了各自的名字。那一刻，我们体会到了苦中带甜的滋味。

确定结婚日期的时候又出现了难题。她的奶奶在2009年时已经88岁高龄，一不小心摔了一跤，怕当年熬不过去。老一辈人又都讲究说家有丧事，不宜婚嫁。加之，她的家人曾给她卜过一卦，说她2010年不宜结婚。所以她家人让我们2011年再结婚。我们哭笑不得，可是只得听从。

但我们俩最终还是在2009年12月26日私自到了民政局，领了结婚证。

接下来，我们为了装修和婚礼事宜，开始了无休止的争吵。钱不够是装修最大的难题，而花钱的地方又太多。我们开始还幸福地坐在电脑边下载无数温馨浪漫的图片，期待装修的效果如图所示。可是后来，为了省钱，我省去了吊顶、书柜、墙纸，接着又在材料上挑选物美价廉的。我们为了灯具的款式、橱柜的材质、瓷砖的颜色等问题吵了无数次架。冷战之后，自然还是我赔着笑脸，承诺过几年有点积蓄时再改，她虽然表面上笑着答应了，眼中却分明有泪花在打转。

最后，婚房装修完了，实用却不美观。

我们开始操办婚礼。我们最初在家设想了各种浪漫的、感人的、搞怪的婚礼桥段。可是一打听酒宴的价格，都比我们的预算多。我们决定在老家举办简朴的传统婚礼，请厨师到家来置办酒席。婚礼上有叩拜长辈、夫妻对拜、夫妻争食等传统的项目，热闹非凡。

经过了一难又一难，吵了一架又一架，相爱的我们过得既艰难又幸福。而后我们爱情的结晶——我们的女儿出生了，给我们带来了很多的快乐，我们感到十分幸福。

我只是她取暖的炭火

那是个百无聊赖的夏日,我们在网络上相遇。

从她的QQ空间里,我看出了她的心意,我明白她、懂她,知道她也理解我的心情。我在午夜给她留言:"我要把你拉出这片水深火热的海。"

一

她叫林鸿,总是以姐自称。她对我嘘寒问暖,在我白天上班时,她会问:"你今天带门卡、钥匙了吗?"晚上下班了,她又会提醒我:"你要多吃有营养的食物,不要天天吃泡面,还要少喝闷酒。"

虽然我们从来没有见过面，但我时时可以感受到她的温存、体贴，这让我感觉到爱情的重生。我笑着在电话里对她说："我像一个王子似的被你宠着、呵护着。"她在电话那头笑了起来。

我在广告公司任职，每天忙于各种应酬。曾经的几次失恋已让我对爱情有些麻木。是林鸿让我重新体验到心跳的感觉。她很早就告诉我，她比我大五岁，还有个女儿。我跟她说我不在乎。她在我的心里是没有被世俗污染的，是纯净的。我在心里问自己，我是不是爱上她了？

林鸿从未跟我提起她的丈夫。在网络上，我感受到了恋爱的美好。她母性的光芒照耀着我，让我整天生活在阳光之中。我每天和她打几个小时的电话，我对她说："爱情不受年龄、地域、文化等的限制，为什么我们不能突破世俗的羁绊？"她总是沉默。

后来，我们还是见面了。

在一个繁忙的上午，我忙成一团，突然电话响了，我一看是林鸿的。她问我："有没有时间陪我参加一个聚会？"我立即回答："我马上换衣服出门。"挂断电话后，我急忙向领导请了一天假，然后迅速赶到车站。

我之前看到过她的照片，所以见到她后我没有生疏感，而她也没有感到一丝尴尬。车子开得很快，我们在车上聊了很多。到了她的朋友家，我们一起吃饭、喝酒、唱歌，我俩就像一对久违的恋人一样享受着爱情的美好。

凌晨时分，作为东道主的林鸿的朋友递给我们一张房卡，然后迅速离开。我问："为什么只有一张房卡？"林鸿带着醉意和困意，拉着我的手进入了房间。那一刻，我心想："美好的爱情要降临了吗？"

我们坐着聊天，房间的空气变得暧昧起来。林鸿拨弄着头发，我则默默地看着她。那一夜，迷离而漫长，她给我讲述她那不幸的婚姻。我在黑暗中坐了一夜，静静地听着……

二

再上网时，我没有收到林鸿的留言。

我变得像个迷路的孩子一样找不到方向，对工作心不在焉，脾气也急躁起来，动辄就对同事和下属大吼大叫。

在失眠的子夜时分，我自言自语："她是因为太冷了，想拿我来取暖，我只不过是她的过客。她对于我而言只是刹那间绽放的烟火，稍纵即逝，是我自己太天真了。"

然而，就在我绝望之际，她给我发来短信："我是罪人还是天使？谁来救我？我能救谁？"我开始疯狂地给她留言，发手机短信、发 QQ 邮件，可她又没有了一点儿音信。

直到有一天，我收到了她的视频聊天请求，我兴奋得像个孩子一般。连接成功后，我看到林鸿十分憔悴。她对我说：

"我不想沉沦，我怕他会知道……"

我打断了她："爱情面前，人人平等。他对你好吗？关心你吗？"林鸿慌乱地关了视频下线了。我坐在黑暗的办公室里黯然神伤。

第二天，我在宿舍里接到了林鸿的电话，她在车站，离我的宿舍只有三分钟的路程。她跟自己的丈夫说，到W市开一天会，住同事家。

那天晚上，我们依然坐在一起聊了一晚，谁也没有突破最后的防线，但是我们的感情又进了一步。

三

林鸿一走，我又变成了一个人，每天都觉得生活空荡荡的。难道我已中了她的毒，深入骨髓，无法自拔？

林鸿的电话多了起来，她开始关心我的工作："你以后有什么打算？想一直在广告业发展下去吗？你有什么理想？"她没有让我感到任何压力，只是一味地宠着我。

她说："我很想你，想每天都跟你在一起。"我只能笑笑。

她提及她的丈夫："他很没趣。从来不知道关心我、体贴我，我在外面讲课很累，回到家他从来不为我捶捶背。只有你懂得哄我开心，消除我的工作压力，你就是我的福星，我离不开你了，怎么办？"

最后，她说了一句令我震惊的话："如果我和他离婚，你会娶我吗？你家里的人会同意吗？"这句话无异于一枚炸弹，将我的心海炸出惊涛骇浪。我只是笑笑，没有回答。

她紧紧追问："给我一个回答。"

我巧妙地说："我会一直爱你，不会离开你的。"

她听到后十分开心。原来女人总是喜欢听甜言蜜语。然而，她的心里明明知道我们是不可能在一起的。

"我最近一直都在思考，自己真的不该这样，不如，我们都冷静一下吧。"她忽然严肃地说。

"好吧，这样或许对我们更好。"

说完我们就挂了电话。我的心里同时感到了轻松多了。

四

过了一段时间，一天半夜，电话声响起，是林鸿，她说："我和他吵了一架，现在在车站，我想见你。"我没有说话。

半小时后，她用力地敲我的房门，在夜里声音很大，我只得放她进来。

她哭得像个小女孩，让我忘记了她的年龄。我抚摸着她的脸，不禁有一丝怜惜：就是这样一个女人，飞蛾一般扑向我这团火，明知没有结果，却乐此不疲。我们之间是爱情吗？恐怕只是欲望吧。我不可能娶她，她也不可能为我离婚。我们俩注定有一个悲伤的结局。

我为她分析这一切。整整一个夜晚，我都在安慰她、开导她，让她的心情慢慢地变好。我对她说："你还是做我的姐姐吧。"

第二天早晨，外面下了很大的雨。我送她离去时，在车流中奔跑着为她买了一把雨伞，这是我唯一一次为她花钱买东西。

五

后来，她将 QQ 的名字修改为"此人已死"，将 QQ 签名改为"此人已死，清明烧纸"。然后，她再也没有上线，也换了手机号。

而我，心里觉得如释重负。

错误的爱恋，哪里会开花结果，只会带给人伤害。以爱情的名义满足欲望，获得享受，也许会得到暂时的快乐，但后患无穷。我不想玩火，因为太危险了，不仅焚烧了自己，还有可能毁了几个家庭，让自己沦为千古罪人。

我曾是供她取暖的炭火，我是她人生的过客，错过不悔，青春依旧，人生依旧。

给一个最熟悉的陌生女人的信

一

在全公司员工的眼里,我们是恋人。大家都在问:"他们是不是在谈恋爱呀?"

可是在你调到分公司的第二天,我坐了一个多小时的车给你送化妆品时,我见到你和他有说有笑地走在一起。

我见到这个情景,心里难受极了,但我还是忍住了,没有表现出异常。他立即离去了。你对我解释说,他只是和你一起去食堂给公司员工买饭。

我把化妆品放到你的手上,然后飞快地跑到路对面准备坐车回家。你跟在我身后,说负责买饭的人今天休息,你便出来帮他一起买饭。你叫我不要误会。我没有发火,只是面无表情地说:"你去吧,不然其他人该没有饭吃了。"

你不停地向我解释,拉住我的衣角,不让我走。就这样,我错过了两辆车,可我还是冲到第三辆车上,头也不回地走了。一直到家里,我的心都在疼。我一直在想,是不是我做错了?我不该来打扰你们,不该来看你,不该……半夜我都无法入眠。这些都是你不知道的。

你根本不能体会我那个时候的感受,你不知道那是怎样的一种灰心失望、怒不可遏。那个场面,叫我怎么能不误会。要是哪天我跟一个女孩举止亲密地出现在你的面前,你会怎么想?我说我只是陪她一起买衣服,你会相信吗?

半夜里,你还打电话问我误会你没有。我还能说什么。你就不能从我的角度想一想吗?这根本不是气度、胸怀的问题,谁见了谁都会误会。

我想要相信你,只是我无法劝慰自己。

二

想当初,我们发展得似乎很顺利。我们因工作相识,而后成为朋友。我对你好,照顾你、帮助你,想办法让你开心。下班了去找你,陪你说话,陪你逛街。你在工作上有不懂的,我都教给你。你也告诉我，你是敬佩我的，佩服我的学识和口才。

可你在一个晚上，发给我一条短信，告诉我你心里还有另外一个人，可他总是对你若即若离，让你很失望。

你休息时去找他，还跟我说是去听课，让我很伤心，可是我冷静下来了。我没有资格生你的气，毕竟你不是我的什么人。我只能等，等你选择爱我还是爱他。如果你选择他，我马上从你的生活中消失，我不是那种纠缠女人的人。

我明白你的心意，我明确地告诉你，我给你时间，让你选择；要是你选择去爱他、追他，我立即退出。我觉得爱就是爱，不爱就是不爱，来不得半点优柔寡断。把关系变得暧昧和复杂，只会让人受折磨。

我给你时间，让你和他说清楚。后来我们似乎又回到了之前的亲密。我送你回家，每天早上去车站接你，我还给你买你爱吃的东西。

可是，有一天，我再去找你的时候，你却不见我。那一晚，我心里很复杂，不知道你心里想的是什么，你也不和我说。

我问你，是不是害怕受伤？你说是，所以不敢轻易接受，怕受伤，怕以后会后悔。我笑了一下，跟你说，我这个人是一个执着的人，爱上一个人就会专一，只会对她好，不会三心二意。

你很感动，相信了我。

可你又说出了一件事：有人要你去和分公司的一位领导相亲。你马上要去分公司，怕以后不好相处。你现在很矛盾，不知道该怎么办。

我跟你说，他不是你的直接领导，你们没有任何工作上的联系。没必要为了工作把自己的爱情搭进去。

三

第二天早上，我要你当着我的面给他发了一条短信，告诉他你有了男朋友。

我以为这样他就不会再找你了，但心中隐隐地觉得他不会就此放手，还会无休止地追你。

这以后，我们下班了还是一起去逛街，一起研究工作上的事。可是我在你身边时，他的短信和电话每天都有。你当着我的面不接电话，不回短信，或者让手机变得没有信号。我的心里却不好受，不知是我没有吸引你的能力，还是你根本不想和他断绝联系。

他在分公司工作，每个星期都跑到公司来找你。你就在我的面前和他打招呼。我不知道你是否能感受到我心里的难受。

我想，如果你爱我，那么你就应该拒绝他；如果仅是为了所谓的工作上的情面跟他敷衍，我觉得这样太不值了。你越是这样，他越是以为自己有机会。

四

后来你调到了分公司。

我给你打电话，问他有没有找你。

你说，他有时会过来和你说几句话。你在那里也没有朋友，没人说话，也无聊。

我真的无话可说了。你当他只是朋友，只是同事，可他当你是恋人呀。你不能阻止他的想法，可是你可以拒绝和他见面，不和他接触，因为你们的工作根本无关联，除非你不想和他断。

从我认识你那天起，直到现在有三个多月了，所有的人都知道我们的关系。他还夹在我们中间，不知道是我太软弱，还是你根本就是在享受两个人追求的快乐和幸福。

从我要你发短信跟他说清楚起，一直到现在，你还和他保持着这样扯不断的关系。这真的让我伤心透了。我渐渐成了别人的笑料，你知道吗？我想让你认真地对待这件事，果断一点。

我太累了，我要你尽快决定，跟我做朋友还是恋人。

五

有的同事劝我,要把眼睛睁大一点儿,看清楚点儿,不要白白地付出了爱,却没有回报。我明白他们指的是你和他的暧昧关系。

我打电话问你,他有没有去找你。你总是叫我不要担心,说你会和他保持距离的。

我去分公司看你时,他从楼上下来跟我打招呼,我冷笑了。他倒成了主人,好像我在从他手里抢你,我在破坏你和他的关系似的,这让我心里很不痛快。

认识你这么久,你应该知道我的心意,周围的人都能看出来,我爱你是真的。爱情是自私的,没有人愿意和别人分享自己所爱的人,这样只会带来伤害和痛苦。

和你在一起后,我没有对其他的女孩动过心,也没有招惹过她们,只是陪在你的身边。我想,你一定可以看得见,可以感受得到吧。这是我对待爱情的原则,爱一个人就该一心一意对她好。

我一直不知道,现在的我,算是你的男朋友吗?你爱我吗?我不在你身边时,你是否会想我?你有困难会想找我帮忙解决吗?有了开心的或者不开心的事你是否第一个想告诉我呢？你是否把我当作依靠？你是否想经常和我在一起？

　　我希望你的爱只给我，只对我一个人好，当然前提是你也爱我。我一直在等你的回答，想听你心里最真实的想法，可是现在，我明显地感觉到了危机，不是对自己不自信，而是怕这份爱出现了意外，我却不在现场，无法救助。

　　爱情不能将就，不能模糊不清。

　　可是，现实是你一直在和他联系，你们时常在一起，我已经明白了你的心意。好吧，是我打扰你们了。

　　这是我给你的最后一封信，同时也宣告我的这次爱恋彻底结束。

幸福总是很短暂

一、火车上的偶遇

"阳新站到了……"听到这句话,我知道火车已离开湖北进入江西境内了,再过几个小时就到令我魂牵梦萦的浙江了,那里有西湖、断桥、江南水乡……

我本来从事房地产销售工作,可重情重义的我被我那个所谓的女朋友——吴雨烟折磨得透不过气,她总是对我若即若离,一个星期不见我也行,一个月不见我也可,想见我的时候我就要立即出现。我在这场恋爱中感受不到应有的温情,自己感到心慌气短,所以决心去欣赏一下祖国的大好河山,呼吸一点新鲜空气。

带上我最值钱的电脑和相机后,在火车站候车厅里我给她发了条短信:"我去外面转转,去拍几张照片。"她只回了一个字:"好。"她无数次跟我争论道:"短信就是短的信息呀。"她的短信总是简短、冷漠,让人心生寒意。

坐在汉口到浙江的火车上,我心如止水,连睡觉的心思也没有,用手托着脑袋望向远方,脑袋里却什么也不想。

火车在一个小站停留了一分钟,上来了几个人,我保持一个姿势不动,像著名的雕塑《思想者》。我脑海里空空如也,已记不得我有女朋友了。我觉得自己是个单身、无业的流浪者。

突然,我的眼前出现了一只手,一只白白的手。我懒得看手的主人,只是无精打采地盯着眼前这片白。我敢肯定这是一只女人的手,年轻女人的手,因为男人的手一般不会这么细嫩,散发这样清新的香气。

怪了!这只白手的旁边又多了一只手,一只干瘪的黑手,而且黑手还向白手靠近。我准备看这黑手如何牵上白手。说时迟,那时快,我看到黑手伸进白手旁边的小包,夹出了一只手机,然后缩回来。

我的心里一阵惊慌,我抬头朝白手的主人看,是一位戴墨镜的时尚女郎。我盯着她看,想告诉她她的东西被偷了。

我足足看了她一分钟,然后她突然低头说话了:"谁允许你给我做视觉按摩的？你有病吧？有什么好看的？没见过模特呀？没见过女人吗？臭男人！"声音大得令周围的人全盯着我看，好像我犯了骚扰之罪。

我真是有话说不出，有冤无处伸。心想，我确实有心病，不过跟你也无关，你也治不好。我往四周看，只见"黑手"在十几米的远处，正往前面的车厢逃去。

我没有跟她废话，从座位上站起来，在周围疑惑的眼神中向前面一个车厢跑去……

二、"白云飘飘"画轩

"乘警同志，我的手机丢了，麻烦你……""白手"又出现在我面前，这时我正在乘警旁边，她吃惊地望着我。

"这位小姐，下次逛街、坐车时记得把包放在眼皮底下，最好选择有拉链的，小偷就没有那么幸运了。"我将手机交给她，并用警察的语气提醒她。

"谢谢你！谢谢警察同志！你真是个好人。"她对我说。

"小事一桩。"我说。

然后我往自己的位置上走。这时她跟过来说："好心人，你留个电话吧，有机会我要感谢你。"我将电话、姓名告诉了她，就回到了自己的座位上。

她并没有再跟来站到我身旁，也许是觉得我这边太危险了吧。

每次乘车,我都不和火车上的人说话,不论男人或女人,我只是默默地躲在人群中直到目的地。接下来我心情十分平静地到了浙江,我拿起相机把眼前的景象全收进去,然后回到酒店把照片传到笔记本电脑上,处理,分类,加上标题,再写上一点游记般的记录文字。

直到第二天晚上,我的心里都很平静,似乎再美的景色也无法激起我的兴致了。我有点失望,放下笔记本电脑,闭目养神。

突然,电话响了,接通后对方说道:"你好,我是你在火车上帮助过的那个人。"

原来是她。

"你好,真没想到你会给我打电话"。

"受人恩惠,怎么也得报答一下吧。"她轻笑道。

她告诉我她叫汤白云,在南昌开了一家画廊。在电话中她一个劲地夸我,说一定得好好请我吃一顿,那手机可不便宜。我根本插不上话。最后,她让我去南昌"白云飘飘"画轩找她,她要尽地主之谊,好好招待我。

我听完后笑了。在电话里她思维敏捷、十分健谈,和现实中的冷漠样子判若两人。我的心弦似乎被拨动了,一夜无眠,胡思乱想。她的活泼令人心动,她的冷艳一样令人着迷,我在黑暗里默念着她的名字:汤白云。

第二天一大早,我又坐上火车去南昌。下了火车后,我的脚步匆匆,迅速来到了"白云飘飘"画轩。

汤白云很热情地接待了我。她带我去吃著名的煌上煌卤菜,果然味道一绝。她又带我去大街小巷游玩。我的心情慢慢转好了,恢复了原来的精神,话也变得多了。

我给她画廊里的画重新起名,她很惊讶,说我起的画名有诗意和深意,增加了画廊的文化底蕴。我又把画的位置调整了,她一个劲地拍手说我有生意头脑。然后,我找来文房四宝,写了几个草字,让她装裱后挂在墙角,以衬托画作。

看到我笔记本电脑中的照片,她惊叹拍得唯美极了,还直夸我是搞艺术的材料,不仅字写得好,照片也照得唯美、独特。她跟我要了一些照片,说要把它们放大并装裱起来,进行售卖。

三、在两个城市之间奔波

我一回到江城,吴雨烟就缠着我逛街,买包、买首饰、换手机、吃大餐、做头发……对我却一句体贴的话也没有,我肚子饿不饿,我在想什么,我到哪里去了,仿佛都跟她没有关系。

她在一个星期内花光了我的钱后,又失踪了。我打她的电话,她只是说"我累了""先睡了",短信也只是回"好的""嗯""在睡觉""在看电视"等等。

我真是对这个女朋友无话可说，真想一气之下跟她做个了断。在我烦乱之际竟接到了汤白云的短信："速来南昌，要事相议。如若不来，责任自负。十万火急，关乎存亡。"我一看竟不知所措，心中生出无数担忧，我可没在南昌惹什么是非呀，难不成她遇到困难了？

我还是坐上火车去了南昌。我觉得和火车都有感情了，这一来回，好像只是回不同的家。

我很快就来到了汤白云的画廊。她好好的，还化了淡妆，更加楚楚动人。她兴奋地告诉我，我的照片一下子全卖光了。说完，她拿下我的包包，打开笔记本电脑，在里面像搜寻宝贝一般点击着。

我在一旁轻轻地笑着。她在我心中越来越可爱了，率真得像个孩子。看到她没有事我就放心了。这时我才发现，我竟然一点儿都不担心吴雨烟。我又用毛笔给她的画作加了题目，又写了几十张书法作品，还把几十张照片拷到U盘里交给她。

我忙完后，她已做好一大桌菜犒劳我。她坐到我的身旁问我的近况，我在旅途中是否劳累，我的心情如何，等等。我一下子把心中的苦闷全讲了出来，然后觉得心情变得舒畅多了。

这时吴雨烟的电话来了，她说有急事找我，要我赶紧回到江城。我不禁苦笑,在需要我的时候记起我来了,我只是供她利用的一台提款机吗?

在候车室等车时,汤白云、吴雨烟在我的脑子里交替出现,我有些混乱。

四、彦云画斋

吴雨烟找我没有其他事,要钱。她的大哥要结婚了,她却不说要我出席的话,只是把我的钱包夺过,拿走银联卡。我冷冷地一笑,然后头也不回就走了。

我带上简单的行李去了南昌。

到南昌时,我没有去找汤白云,而是先在这个城市里转了几圈,很快就找到了一份工作,是在一个新楼盘的售楼部做销售主管。

然后我才去了"白云飘飘"画轩。到了那,我吃了一惊,发现名字改成了"彦云画斋"。这融入了我和她的名字?我的心里不禁涌上一丝暖意。

之后,我拍的照片越来越多,寄给杂志社时,我留的地址是南昌"彦云画斋"。汤白云的画也卖得越来越好,我的心里也很高兴。她在我的面前,像一只快乐的精灵,抚慰着我阴郁的心。

她看到杂志社寄给我的稿费单时,无比惊讶,夸奖我才思出众。她继续将我拍摄的照片放大装裱,还把我写的游记印在背面,竟卖出了惊人的高价。

五、一起坐上开往幸福的列车

我到了南昌后换了个手机号,是汤白云陪我去的,她选的号码中有她的生日。我记得和吴雨烟在一起时,衣服、鞋子、手机……什么东西都是我自己买。

我在画廊的附近租了一个房子,把东西搬进去了,很快我就在售楼部上班了。

上班的第一天,当我换上白衬衣的时候,汤白云吃惊地望着我说:"忧郁王子换上西装,还真是光彩夺目。"

我笑了,从内心深处感到高兴,和她在一起时,我笑得很纯粹,不用戴着面具伪装自己。

"你什么时候学会卖楼的啊?以前没有听你说过呀。你不是一直坐着火车到处去摄影、写游记吗?"她问我。

"我只是一个写写文字、说说大话、赚点小钱、过点小生活的男人。"我笑着回答。见她一脸的怀疑,我继续说:"其实,我本来是有工作的,为了那个并不爱我的女人,我便成了一个浪子。后来遇到了你,我就开始在你和她的城市来回奔波,对她我已没有了感情,只剩下失落和伤感。而我现在对于你已超越了朋友的感情,你理解我、关心我、照顾我,我已经慢慢地离不开你了。写作、摄影、书法只是我的爱好，我现在决定在南昌定居了。你可不可以收留我？"

她笑着捶打我的肩膀，我用力地把她揽入怀中。

她将画廊隔成了两半，一小半是摄影间，让我业余时间用来拍艺术照，处理图片，生意竟奇迹般的红火。

到了"五一"长假的时候，我将画廊关闭，带她坐上火车去西湖。

她问我："干什么把我的钥匙藏起来？生意都不做了，钱赚多了是不是？西湖有什么好看的，不就是一个湖吗？"

我在她耳边说："不，我不是带你去看西湖的。最近我写稿、拍照的收入，加上卖楼房的提成，已经可以购置一处房产了。我在西湖湖畔看中了一套湖景房，明天我就带你去签购房合同。以后我们就可以荡舟西湖了。这趟车是开往幸福的火车。"

谁想到，第二天，她就不见了，给我留下一张字条："对不起，一直想跟你说，却没有合适的机会，前段时间我查出了白血病，晚期，我不能拖累你。与你相遇，我很幸福。"

给她打电话，手机已停用。回到南昌，发现画廊已经转让，再也找不到她了。

我仰天长啸……

邂 逅

我出生在武汉的新洲区李集镇。小时候,村里的长辈最为炫耀的一句话是"我到汉口去"。听到的人无不羡慕,包括我在内。父亲是一名泥瓦匠,干活的工地大多都在武汉。他总在饭桌上说,那个大楼我参与了建设,这个小区我做了半年,某某学校我做了好几栋宿舍……那个时候我就天天盼着有机会去汉口看一下、玩一下,见识一下武汉。

每到暑假,父亲就会带我去姑姑家住上一段时间。炎热的夏日,在没有空调的公交车上,我又热又渴,每次我都几乎中暑。我却一点儿也不在乎,满心欢喜。我现在还记得当时的路线,坐巴士到新华路,再坐好几趟公交车到古琴台,再坐巴士到汉阳爹山镇。

我第一次独自去汉口是在高一，姑姑让我去爹山过周末。我背着书包，按照父亲在电话里交代的，在武汉港坐车到古琴台。我忐忑不安地坐上公交到了武汉港。下车后，正好遇上一个交警，他好心地用手一指说："这些车都可以到。"摆在我面前的是503、504路公交车。我欣喜若狂，冲上了504路车。

公交车开了好远，我却一直没有听到报站。似乎穿过了好多条街，我壮着胆问司机："请问古琴台到了吗？"他头也不抬说："快下，这就是。"

下车后，我走过了几条街，问了几位清洁工阿姨，也没有找到古琴台车站。后来我又遇上了一位交警，他告诉了我路线。直到下午六点我才赶到爹山。

那时，我对武汉美好的印象瞬间荡然无存。我觉得武汉真是太大了，人真不诚实，路真的好难走。

后来我在文章中把这次乘车的遭遇写了出来，还登在了《武汉晚报》上。全校师生都知道了我，我的语文老师却告诫我："你怎么能把武汉写成这样？写作文要写正面的东西。"我低头不敢言语，其实我想说，我写的是事实。那一年是2000年。

人生没有那么多事事如意、顺风顺水。2003年，我高考失利，昏睡了三天三夜后，落魄的我随着打工大军去了汉口杨汊湖一个小作坊里做了一名辣椒王丝包装工。火辣的太阳、比太阳还毒的辣味穿入我的每一寸毛孔。到了夜晚，洗澡只能用冷水，手红得快成鸭掌了……

做了一个星期，我就不干了，又去了一家配电柜加工厂。每天的工作就是抬很大的铁板，放在机器上剪成一小块一小块的，再去另外一个车间，给它们打很多孔。接下来，另一个车间的人专门负责把这些铁块折成直角或其他形状，我再把这些折好的铁块运到安装部。到了下班后，我全身积满了铁锈、油污，鼻子里全是黑色的铁粉……

在这一年里，我在公交车站认识了一个姑娘，我只知道她姓陈。她每天总是忙着下班赶车，好几次工作牌挂在脖子上都忘了取下来。我看了那个公司的名称：武汉永联兴食品贸易有限公司。在一天傍晚，我到公交车站旁的写字楼里办事，偶然间发现了她从里面的一家食品公司出来，我却不敢鼓起勇气去和她说话。眼看着她从我身边走过，我只能静静地跟在她的后面。

那一天，我们一同进入了电梯。

我感觉很紧张，大气都不敢出。

她根本没有注意到我，一个人摆弄着手机，给某个人发着短信。她身上有香水的味道，很好闻，我却不敢朝后看。

她的手机响了，她轻轻地喂了一声："您好，请问有什么可以帮到您？"

就在这时，电梯到了一楼。

她边打着电话边出了电梯。暗恋让我的胆子越来越小，我只能远远地看着她的背影。

绝情的武汉根本就不接纳我，让我受尽折磨，让我绝望。

我一气之下去了江西的一座小城——贵溪，在一家服装店当学徒工。我心想，武汉这座城市只留给我忧伤的记忆。小时候对它的美好印象早已远去，留下的只有脏、乱、差、挤、热等不良印象，还有武汉人脾气暴、爱欺负农民工、骗外地人……

流浪打工的岁月并没有消磨了我的锐气，每当夜晚来临，我都会拿出纸笔，把我看到的武汉故事、武汉男女写下来。这里面有讽刺、有嘲笑、有怒骂。

在贵溪待了快一年后，时间到了2005年。300元的工资实在太少，我还得每个月打150元给上高中的弟弟。不想做饿死鬼的我，灰溜溜地逃回武汉，没有告诉任何人。我不想靠任何人，想通过自己的努力找工作挣钱。

我更想再一次见到她。我想，如果我再一次遇到陈小姐，一定上前跟她打个招呼。

这座城市重新出现在我眼前。我一手提着一个编织袋，一个编织袋里装的是被子，另一个编织袋里装的是衣物，像只流浪的猫，站在武汉最繁华的街道——江汉路步行街。我把两个编织袋放在步行街中央，一家服装店一家服装店地挨个询问是否招聘导购员，从这一头问到那一头，没有一家愿意收留我。最后，我站在正信大厦楼下对着天空说："如果最后一家也不收留我，我就回老家谋生。"

最后一家的主管居然要我明天过来上班，我喜极而泣，提着两个编织袋飞奔起来。

摸摸身上只有几百块钱，我吃了一碗难吃的热干面，又干又涩，噎得我一天都难受。热情漂亮的女同事帮我在江汉路后面一家民房租了一个隔间，200元一个月。

那段岁月，确实很难忘，因为我工作在武汉最繁华的街上，我感觉很自豪。下班后，我总是去江滩吹吹江风，踏踏江水，再散步回家煮稀饭喝，吃榨菜。

三个月后，因租金太高，老板放弃了江汉路店，把店开在了黄冈。他请我去当店长，我婉拒了他。

这个时候我又在公交车站遇到了她。

她拿着一本《读者》合订本，冲上公交车时一不小心书掉在了地上。我赶紧帮她拾了起来，递给她。

我跟在她后面上了公交车。

"陈小姐，你好！"我说。

她很惊奇："你怎么知道我姓陈？"

我一下子被问住了，结巴地说："那一年，你在武胜路泰和广场上班。有一次，你戴着工牌，上面写了你的名字。"

她呵呵一笑，"刚才谢谢你帮我捡书啊。"

我只轻轻一笑，没有说话。

武汉，这个让我又爱又恨的城市，我想征服它。

我在汉口江滩旁的滨江苑小区做了一名保安，卑微却快乐地活着。我以一个很高的标准来要求自己，真正地做到了保卫小区居民的平安。我向公司领导申请做物业管理员，负责写各种停电、停水通知，会议纪要，供电局联系函，温馨提示，物业费催缴信，维修基金申请报告……领导很惊讶，一个小保安还会写这些东西。

2008年，我开始从事房地产销售工作。

这一年，陈小姐到处看房，进到我们售楼部的时候，我一下子喊出来："你好，陈小姐！"

这一次，我可以平等地和她对话。我告诉她我的名字，但是这么多年一直怀念她的那些故事，我没有说出来。

我只是以一个朋友的身份给她讲着买房的知识，她在一旁静静地听着。

我一直坚持到2015年。

2003年至2015年，我奋斗了12年，终于在武汉站稳了脚跟。今天，我死心塌地地爱上武汉了，这座让我曾经陷入无限忧伤的城市，我决定哪儿也不去了。

因为她在这里，我就不离开。